« Au premier rang de nos particularités se trouve le fait que nous naissons tous naturellement dotés du matériel nécessaire pour vivre mille existences différentes, pour finalement n'en vivre qu'une. »

Clifford Geertz

À Jean-Paul Didierlaurent

1.
Les cailloux d'aquarium (début mars)

Antonin se sent perdu parce qu'il n'a pas sur lui sa casquette des New York Yankees. Il se souvient de l'avoir portée, hier soir, au moins jusqu'à la fumerie d'opium. Avec un peu de chance, Wen, la jeune Chinoise à la démarche aérienne – mais tout devient aérien, aérien et brumeux, à la fumerie d'opium –, l'a ramassée et l'a laissée à son nom quelque part, dans un des casiers du vestiaire.

Le bout de tissu brodé du logo de l'équipe de base-ball lui aurait été utile à bord de ce train qui s'ébranle dans une combinaison d'oscillations et de craquements, entre Bougival et Louveciennes, un trajet identique à celui emprunté par le vieux Monet quand il est allé poser son chevalet sur une boucle de la Seine. Au chapeau de paille, inséparable du peintre, Antonin préfère la casquette. Il a la sensation qu'il peut se planquer tout entier dessous, que s'en coiffer le transporte instantanément dans les gradins du Yankee Stadium, solitaire dans une communauté choisie.

Après cent combats intérieurs pour rester en place, une montée d'angoisse, un impérieux besoin d'air pur, il se lève et porte la main en avant, suscitant autour de lui l'attente d'une modification. Or, le châssis de la fenêtre s'obstine à ne pas coulisser sous l'effort. Une tentative suivie d'une autre, rien ne cède. Tout son être se fige alors dans une lutte mélancolique avec la résistance obtuse du matériel. Dans ce moment suspendu, une dizaine de paires d'yeux convergent en sa direction. Les passagers du 18 h 59 qui somnolaient jusqu'ici dans un magma de pensées disparates sont désormais prêts à porter sur lui un jugement aussi définitif qu'un seul et même testament. L'agacement crée du lien. La haine, c'est le mouvement de foule de l'entre-soi. Antonin sent fondre sur ses épaules une meute de commentaires féroces, celui de cette jeune femme vêtue à la dernière mode des Galeries Lafayette, qui l'a dévisagé avec une pitié mêlée de consternation : « Pauvre type ! », ou cet autre, encore, d'un quinquagénaire en uniforme qui rejoint probablement le Camp des Loges et qui a évalué sa faiblesse avec une gravité confinant au mépris : « À la guerre, cet olibrius ne ferait pas long feu. Pire, il serait capable de blesser un camarade par maladresse ! » S'il savait toutes les fois dans une journée où il lui arrive d'être blessé par maladresse.

Cela fait maintenant une éternité qu'il s'acharne à ouvrir une fenêtre et il comprend que ce dénouement est attendu de tout le monde et ne peut venir que de lui, une situation dont il a la peur secrète et l'inquiète habitude, sa chemise humectée de sueur, sa tête couleur écrevisse. Alors, dans une inspiration décisive, le jeune homme rejette d'une main ses cheveux en arrière et, de sa voix la plus théâtrale, clame pour son auditoire improvisé un sonore :

Fenêtre ou ne pas fenêtre, telle est la question !

Cette tirade improbable en consterne quelques-uns, en fait sursauter d'autres, permet à Antonin de trouver une issue à la situation, d'amorcer une courte révérence, puis de s'enfuir en direction de la plateforme. Il saute du train au moment où la locomotive aborde la gare de Louveciennes, sous les sifflets non pas d'un public récalcitrant, mais des chefs de bord et de gare effarés, avant de s'engouffrer dans le crépuscule détrempé, à l'abri des premiers blocs de maisons comme dans un bosquet d'orties.

Reprenant son souffle à un coin de rue, il songe aux raisons qui l'ont conduit à cet accès de panique. Tout d'abord, la pièce de théâtre qu'il a abandonnée en plein vol, l'été dernier, et qui a ressurgi à l'improviste, gare Saint-Lazare, sous forme d'affiche sur une colonne Morris. La pièce se jouera sans lui la saison prochaine. Un curieux mélange de fatalisme et de ressentiment l'a saisi, quand bien même il avait quitté le navire de son plein gré. Et puis, il y a Juliette, la femme d'un collaborateur de l'éditeur à qui il vient de proposer un roman sur Héliogabale, un empereur romain du IIIe siècle après Jésus-Christ. La plupart des empereurs romains sont tarés et il n'y a pas de sot sujet. Son règne est celui d'une époque où tout le monde baisait avec tout le monde, une parfaite décalcomanie du Paris d'aujourd'hui. Antonin a rencontré Juliette dans les locaux de la maison d'édition, quartier Saint-Dominique, à deux pas de la tour Eiffel. Une première fois sans importance, suivie d'une autre en coup de vent, après un bref échange de paroles, accompagné de sourires appuyés. Des sourires qui dépassent la frontière du sourire. Des sourires porteurs d'horizons. Autant de boomerangs qui sont revenus l'assommer plus tard, plus loin. Ainsi, il s'est mis à penser à elle de manière rapprochée, et douloureuse aussi. S'est surpris à errer dans le quartier, à solliciter son éditeur pour discuter d'un empereur romain du IIIe siècle à l'heure du thé, juste pour passer une tête dans les bureaux et saisir l'opportunité de la revoir.

C'est donc à reculons qu'il se rend à l'invitation d'Alle. Parce qu'il aurait préféré occuper sa soirée à penser à elle. Il aurait serré ce temps contre lui comme du temps rien qu'à lui.

Il avance un peu au hasard, profite du passage d'une automobile aux phares exorbités pour déplier le papier qu'il tient au creux de la main afin d'en relire les instructions : prendre la rue de la Gare, première à droite la rue des Barillets, puis à gauche la rue de Montbuisson. Tout en haut, le portail vert olive. À mesure qu'il progresse, il sonde du regard les hauteurs de la colline de Louveciennes escamotées par la nuit qui gagne en intensité, suit des yeux la pâle empreinte de la lune. En dessous s'étagent avec irrégularité les propriétés bourgeoises dissimulées derrière une succession de grilles ouvragées, le long de rues en pente, interchangeables, qui dévalent toutes vers les boucles de la Seine comme au jeu du fakir. Il y a dix jours encore, avec la neige qui est tombée, il n'aurait jamais eu la force de se hisser jusqu'en haut de la rue de Montbuisson. Sûr qu'il aurait glissé dans la montée, emporté sur les fesses jusqu'aux berges.

Au moment où il finit par trouver son chemin, lui revient cette histoire de cailloux. Alle a précisé : la fille qui organise le dîner n'a qu'une trentaine d'années et déjà plus de bracelets qu'il n'en faut à ses poignets, les champagnes les plus fins comparaissent à ses lèvres, tous les livres du moment, elle les a lus, d'ailleurs, c'est bien simple, elle passe son temps à lire, de manière compulsive, et pas des vieilleries pour se donner un genre, pour vivre dans je ne sais quel passé doucereux ou échapper à un présent tordu, non, des romans modernes. Si tu veux lui apporter quelque chose qui lui fasse réellement plaisir, ne t'encombre pas de livres, elle les possède tous, ne compose pas de poèmes, elle en fera de meilleurs, non, si tu veux réellement gagner sa sympathie, apporte des cailloux pour son aquarium.

Antonin est tiré de ses pensées par le fracas lointain d'un train qui gronde en contrebas. Le train de l'autre sens, vers Paris. Trop tard pour reculer. Il fait les cent pas devant le portail, emplit une dernière fois ses poumons de l'atmosphère de la forêt de Marly prête à refermer sur Louveciennes son gant frémissant. Les autres convives prennent-ils déjà l'apéritif ? Avec le muret envahi de fleurs de camélias, impossible de repérer la voiture d'Alle et pas question d'arriver le premier. Il est suffisamment embarrassant d'être invité chez des gens qu'on ne connaît pas, de s'y rendre seul, de se pointer devant le portail la gueule enfarinée, de devoir justifier sa solitude à la personne qui vient vous ouvrir, autant que de se mettre à inspecter les bordures de trottoirs à la recherche de cailloux destinés à tomber, la minute d'après, dans le tréfonds d'un aquarium pour les beaux yeux de la maîtresse de maison. Dans un élan résigné, il se baisse et ramasse à pleine poignée un agglomérat d'herbes folles, de saletés et de graviers. Il fait tamis de ses doigts pour faire disparaître la poussière, fourre trois gros graviers dans sa poche de pantalon et revient se planter devant le portail de la propriété sans remarquer qu'il a souillé sa jambe droite d'une tache blanchâtre. Il se dirige ensuite vers une petite porte qui est du même ouvrage que la grille, fait deux pas en sa direction et pose sa main sur la poignée, qui cède aisément sous la pression. Comparé à la mésaventure du train, il y voit un acte magique. Du moins le signe qu'il a récupéré un peu de force.

*

Depuis le début de l'après-midi, Anaïs a du mal à contenir son excitation. Elle sursaute au moindre tintement, a cru entendre la cloche du portail sonner huit fois depuis ses dernières allées et venues dans la maison. Alle a promis de lui apporter un jeune type exceptionnel. Qui la changera de la compagnie des amis d'Hugo, magnats de la banque pour la plupart et pour lesquels le samedi soir il faut jouer la parfaite petite maîtresse d'intérieur, subir leur conversation navrante et leurs regards en coin, puis attendre qu'ils partent s'encanailler à Paris, entassés dans la même automobile, et trembler de laisser Hugo partir avec eux, à moitié ivres, en craignant davantage que l'auto valse dans le premier réverbère venu, plutôt que tous comme un seul homme aillent s'envoyer en l'air dans le dernier des lupanars.

Anaïs porte une robe du soir en satin de soie, au corsage orné de broderie. Bras et épaules nues. Hugo est en grande conversation avec le couple de voisins qu'il a convié pour le dîner. Lui, Édouard, grand échalas au sourire enjôleur, surjoue l'attitude du Parisien propriétaire à la campagne devenu *gentleman farmer*.

Il est publicitaire dans une agence du boulevard des Italiens et a rencontré sa femme, Pauline, dans une boutique de sous-vêtements de la rue Taitbout, où elle travaille. Ils sont venus s'installer à Louveciennes pour élever au grand air l'enfant qu'ils n'arrivent pas encore à concevoir. Le mari est susceptible sur le sujet. Il en parle comme si le chérubin existait déjà et communique facilement son stress à tout le monde. Sa femme a la politesse d'acquiescer à des considérations qu'il a dû ressasser cent fois en privé. Anaïs a tout de suite compris, dans l'attitude polie et agacée par éclairs de la jolie voisine, à quoi sont réduites la plupart des femmes quand elles sortent avec leur conjoint et que ce dernier tente de faire sensation en société : elles font semblant d'entendre pour la première fois des propos ou des traits d'humour qui sont pour elles similaires à des écorces de pistache vides. Pauline a cette beauté un peu liquide des êtres qui s'épanouissent dans leur travail et se retrouvent, le soir, après la cavalcade dans les gares et les encombrements, rattrapés par la fatigue. La fatigue la rend sensuelle, languide. Un caméléon échoué sur un divan. Elle a des jambes interminables et souhaiterait que l'apéritif le soit tout autant, car, une fois le souper servi, elle sera bien obligée de les ranger sous la table.

Anaïs imagine caresser ces jambes. Avec une plume ou du bout de la langue. Croquer les charmants mollets sans les mordre. Et remonter lentement suçoter le haut des cuisses. Elle est contaminée par ce genre de pensées. Fugaces ou obsédantes, c'est plus fort qu'elle. Quand un être lui plaît, la trouble, l'émeut pour un rien qui emporte tout, une pensée érotique se développe aussitôt. La plupart du temps, elle transporte son désir puissant dans ses rêves, où il s'embrase et se consume en lieu sûr, avec l'élégance et la soudaineté d'une allumette. Conte d'Andersen pour petite fille dévergondée. La contrepartie de ce tempérament abrasif est qu'Anaïs a du mal à résister, les fois où il s'avère qu'elle plaît en retour de façon trop soudaine. Le désir qu'on éprouve pour elle, du moment qu'il paraît obsédant, insoutenable et dénué de calculs, se répand dans ses veines avec la précision d'un poison, la violence enivrante d'un parfum.

Il y a un cinéma dans les environs ? demande Édouard.

Aussitôt, il tient à préciser :

Pauline adore le cinéma.

Ils ont parlé d'ouvrir prochainement un complexe de quatre salles à Saint-Germain-en-Laye, répond Hugo. En voiture, c'est vraiment à une dizaine de minutes montre en main.

À Saint-Germain, dit Pauline, froissée que son mari ait parlé pour elle, il y a mieux que le cinéma. La promenade sur la terrasse. On a une vue panoramique sur Paris et les méandres de la Seine. C'est un spectacle dont on ne peut se lasser.

Anaïs est toujours absorbée dans la contemplation de ses jambes. « Un spectacle dont on ne peut se lasser ». Le sourire qui danse sur son visage n'est qu'une charmante illusion.

On peut y aller en train aussi. Saviez-vous qu'à cause de la côte de Saint-Germain les ingénieurs du chemin de fer ont mis dix ans pour faire venir les rails ?

J'ai lu dans le journal, intervient Alle, que, parmi les quatre-vingt-cinq films français qui seront tournés cette année, on prépare *La Femme invisible* avec Jean Weber.

Anaïs se lève en direction de la desserte, va s'enquérir d'une coupe de champagne pour Pauline. Elle dit :

La Femme invisible ? Oh, je pense que c'est un film qui est déjà projeté dans pas mal de foyers français…

Eh ! sursaute Hugo. J'entends des pas dans la cour. Votre invité est là, Alle. Je vais ouvrir.

Alle n'en attendait pas moins. Dès que le mari a le dos tourné, il fait trois pas dans la direction d'Anaïs, retourne son poing fermé et le lui présente. Tada !

*

Antonin a traversé la petite cour recouverte de graviers et jonchée de feuilles humides, certaines grosses comme des gants de base-ball retournés. En son centre, il a été happé par une statue de pierre, un buste représentant Diane chasseresse. La toge qui d'ordinaire lui couvre les seins en deux bandes entrecroisées et qui sont censées démontrer l'habileté du sculpteur a été jugée inutile. Tout l'art du créateur s'est concentré sur le galbe des seins. Antonin constate avec émotion qu'ils sont parfaitement dessinés, bien que de taille et de facture différentes, ainsi que le sont les tours de l'église Saint-Sulpice, à Paris. Je ne traverserai plus jamais la place Saint-Sulp' sans penser à une paire de seins, songe-t-il. En se rapprochant davantage, il décèle une autre différence. L'un des deux est plus marqué que l'autre, assombri, comme si une quantité de visiteurs ayant quitté les lieux y avaient posé la main, faute de pouvoir le faire sur la personne qui habite ici, Anaïs/Artémis ; ou bien en souvenir d'un acte manqué, ou encore parce que cela porte chance, allez savoir les rituels qui ont besoin d'être inventés en guise de consolation quand on quitte la compagnie d'une personne dont la beauté vous libère et vous assèche à la fois.

Un homme d'une trentaine d'années vient lui ouvrir. Sportif et jovial, d'une prestance éclatante mais vite domptée, celle d'une star d'Hollywood qu'on ne saurait pas où ranger après le tournage. Le sourire un peu trop grand qui accompagne sa poignée de main fait éclater en mille morceaux le peu de ténèbres qui participent à rendre un être fascinant. Tous les oiseaux sont chassés et la grotte demeure creuse et vide, voilà l'effet produit par ce sourire.

Je suis Hugo, le mari, annonce-t-il avec une aimable ironie.

Signe de modernité ostentatoire : l'homme se présente pour ouvrir la porte, et non le personnel de maison qu'on serait en mesure d'attendre au vu de la propriété. Tout dans son attitude montre qu'il en est conscient et qu'il le revendique. Au moment où, sur son invitation, il le précède dans la salle de séjour, Antonin comprend qu'il vient perturber une scène étonnante. Alle se tient face à une jeune femme à la silhouette menue et élégante, la paume de sa main ouverte en offrande.

*

Dans la paume, un petit caillou en forme de cœur. Anaïs est penchée sur cette main. Tout de suite, Antonin pense : ce vieux crevard d'Alle a attendu que le mari s'éloigne pour découvrir le poing et son cœur. Tous les cailloux ramassés dans la rue ne valent rien, bien sûr, en comparaison. Le feu aux joues, Anaïs se tourne vers Antonin. Vite, elle fait mine d'oublier le trésor, referme précipitamment la paume d'Alle – le contact de leurs mains ne produit aucune électricité, comme déjà familières de s'être mêlées – et part à la découverte de son invité. D'emblée, elle est captivée par le visage aigu, les traits fins et nerveux. Le voici enfin, le dandy démon craché par la nuit. Il a le regard intense des spectres que la beauté réanime. Sans aucune dissimulation, Antonin porte sur lui l'intérêt qu'on lui porte.

Ainsi rencontre-t-elle l'homme dont Alle lui a tant parlé, qui a publié des poèmes et qui maintenant écrit sur le théâtre, qui est aussi acteur à ses heures perdues. Il y a comme une force magnétique dans cette présence, et, entre eux, une attraction évidente. C'est d'ailleurs quelque chose qui n'en finit pas de fasciner Anaïs. Pour quelle raison existe-t-il des êtres qui ne vous font strictement rien, dont l'apparition dans votre vie ne produit aucune lumière, et d'autres qui au contraire semblent surgir avec évidence, pour des raisons qui se passent de la raison, et qui ouvrent en vous une urgence à vivre ou à rêver ?

Antonin la regarde avec l'air effaré que l'on prend devant la beauté qui sidère. Il pense : Elle ressemble à une princesse inca. Hugo fait les présentations avec le couple de voisins. Comment dit-on, déjà, pour des habitants de Louveciennes ? Des Louveciennois, c'est un peu long, mais il faudra s'y habituer.

Alle observe en retrait la danse silencieuse des corps d'Anaïs et d'Antonin. Déjà, une pointe de jalousie contamine son humeur, un soupçon qui pourrait le pousser à des pitreries, des impatiences d'enfant. Antonin voudrait dire à Anaïs : C'est la première fois qu'on se rencontre, mais on se connaît depuis toujours, n'est-ce pas ? Anaïs voudrait dire : Vous êtes encore plus intense que ce que j'imaginais, et Dieu sait si mon imagination est intense. Elle se contente de murmurer :

Je suis si heureuse de vous rencontrer. Je ne sais pas encore si vous êtes de ces êtres qui apparaissent à point nommé dans l'existence, mais vous arrivez pile au moment où nous allions passer à table.

*

Les murs de la salle à manger sont recouverts de truites couleur or qui se faufilent parmi des ajoncs. La tapisserie, dans les tons verts et sombres, transcendée par les motifs des poissons, est si enveloppante que la table où ils s'installent ressemble à ces décorations en résine qu'on cale au fond des aquariums.

Antonin joue avec un petit porte-couteau en bambou posté face à lui. L'objet l'intrigue et l'émerveille comme un enfant devant un modèle miniature d'engin futuriste. Anaïs préside, face à Hugo. Son regard enveloppe de précaution et de douceur ses invités. Maria sert le potage, tout en annonçant : Velouté à l'ail des ours ! Antonin trouve qu'elle a une voix de théâtre. Qu'il faudrait mettre une telle fille et une telle phrase dans une pièce, enfin, que ça vaut bien tout ce que le Boulevard et le théâtre psychologique proposent à l'heure actuelle. Perdu dans ses pensées, ses yeux se posent sur

Anaïs avec la délicatesse subreptice d'une phalène, bien décidé à se faire violence pour ne pas y revenir de manière trop appuyée. Pour le moment, il s'applique au stratagème inutile de s'intéresser à son assiette.

Pourtant, trois secondes de plus et son regard dévorerait tout : les jolies petites épaules rondes, le rideau de cheveux à la Louise Brooks, la naissance des seins dans une robe indécente. Son cœur est une bête traquée par le désir de lui plaire. Pendant que vaillamment il résiste au bonheur imprudent de la contempler, la conversation passe de la saveur du velouté au métier d'Hugo, centre de l'attention avec la situation internationale, les crises financières qui se succèdent comme des maisons de massage le long de la rue du Faubourg Saint-Antoine.

Et les Américains ? Les investisseurs se font rares, n'est-ce pas, depuis la crise ? questionne Édouard.

Il n'y a plus aucun Américain à Paris, affirme Pauline sur un ton péremptoire. Avant la crise, ils constituaient une partie importante de ma clientèle. Les Américains sont les clients idéaux parce qu'ils achètent des quantités astronomiques de sous-vêtements. Ils sont à la fois très pudiques et très discrets. Il leur en faut pour ne pas se montrer nus, même pendant l'amour, et en grand nombre parce qu'ils finissent par les ôter pour se doucher – ils sont très à cheval sur la propreté –, et il leur arrive de les oublier les uns chez les autres. Mais comme ils en achètent beaucoup et dans différentes tailles, personne n'y prête vraiment attention.

Après avoir terminé son court exposé, elle plonge tête la première dans son assiette. Les autres ne savent comment rebondir – Antonin la suspecte d'avoir pris la parole pour couvrir les bruits de bouche de son mari, qui lape littéralement la cuillère à soupe. Hugo déclare, en guise de conclusion :

Il n'en reste pas moins qu'il en reste au moins un !

Fier de sa tournure, il adresse à Anaïs un sourire dans lequel se mêlent beaucoup de connivence et un soupçon de désarroi.

Certainement ! approuve Édouard. Au moins un. Comme le tigre de Tasmanie ou l'ours blanc du zoo de Vincennes, il faut toujours au moins un Américain !

Vous parlez d'Henry ? demande Alle qui, de manière délibérée et au sens figuré, met les pieds dans le plat. L'écrivain ? Celui qui vit à Clichy ?

Oui, confirme Hugo. C'est le chouchou d'Anaïs. Elle voudrait même aménager un petit studio, ici à Louveciennes, au-dessus du garage, pour qu'il vienne y travailler.

Alle dit sur un ton sarcastique :

Un peu comme autrefois les villageois construisaient des églises pour abriter leurs saints.

Que voulez-vous, rétorque Anaïs en levant les yeux au plafond, je suis une villageoise.

Puis, elle prend à partie le voisin :

Cher Édouard, puisque la finance a l'air de vous intéresser au plus haut point, savez-vous comment Hugo a obtenu son premier poste ?

Sans attendre la réponse, elle annonce :

En résolvant une addition !

Maria, qui vient d'apporter la blanquette de veau sur une desserte, débarrasse les assiettes à potage.

Pas exactement, proteste Hugo dans un sourire. Anaïs cherche toujours à simplifier ce que je fais. Il y avait une addition certes, mais aussi quelques multiplications plutôt ardues.

Pas possible, s'étonne le voisin, vous voulez dire qu'ils ne prennent même pas la peine de regarder vos diplômes ?

Je ne sais pas ce qu'il en est aujourd'hui. En tout cas, c'est comme ça qu'on entrait à la banque quand j'ai commencé. J'ai été reçu du premier coup. C'est sans doute la raison pour laquelle ma femme me laisse toujours régler les additions.

Anaïs ne s'offusque pas, rit de bon cœur à une blague qu'elle a dû entendre une bonne centaine de fois et qu'elle n'a jamais pris personnellement.

En fait, poursuit Hugo, il faut juste avoir en tête quelques règles simples. Dans une chaine d'opérations par exemple, la priorité est toujours accordée à ce qui se passe à l'intérieur de la parenthèse.

Mais ça devrait être ainsi dans la vie ! s'exalte Anaïs au moment où elle croise le regard d'Antonin qui rougit aussitôt.

Troublé, il étire les jambes et touche par mégarde celles de Pauline. S'excuse si maladroitement que les autres autour de la table se demandent un instant de quoi peut-il bien s'excuser, s'il n'aurait pas rencontré Pauline ailleurs, dans une autre situation, il y a quelques années, et s'ils n'auraient pas pu se blesser d'une manière cruelle, une amourette qu'on ne mène pas plus loin, un « il vaut mieux en rester là » aussi stupide que nécessaire, en un mot : d'une impardonnable violence.

Antonin, demande Anaïs sans transition, comment trouvez-vous la maison ?

Le regard d'Antonin se promène à travers un écran de fumée, le jardin tapote au carreau, à vrai dire il n'arrive pas à voir plus loin que le trouble que lui procure la splendeur d'Anaïs.

Ça change.

De quoi ?

De Paris où nous passons nos soirées à nous entasser dans de petits espaces.

Vous n'êtes pas pour le charme de l'entassement ?

J'ai vite besoin d'air. La plupart des gens me font suffoquer.

C'est pour ça que vous aimez le théâtre ? demande Hugo. Ma femme m'a appris que vous faisiez des études de théâtre.

Antonin bute sur la manière un peu surjouée dont il a dit : ma femme.

Quand on est comédien, intervient Pauline tout en réclamant à Maria un autre verre de vin, on n'est pas gêné pour respirer. Il y a toujours moins de monde sur scène que dans la salle.

Dans l'idéal, concède Antonin.

Vous savez ce que m'a dit Antonin l'autre jour ? s'empresse de questionner Alle dans une œillade appuyée à Anaïs. C'était à propos du théâtre balinais, que le théâtre balinais est un théâtre si puissant qu'il élimine les mots.

Tout le monde rit de bon cœur.

Autant aller au peep-show, dit Hugo, goguenard.

Antonin regarde Anaïs, il pense : Votre beauté élimine les mots. Alle regarde Hugo et pense : Est-ce un des fantasmes d'Hugo ? Est-ce qu'il emmène sa jeune femme au peep-show ?

Et vous, Édouard ? demande-t-il en détournant sciemment son regard. Hugo m'a dit que vous étiez dans la publicité ?

Je suis un créateur.

Un créateur ? s'enquiert doucement Antonin.

Oui, je créé des slogans publicitaires.

Un silence à l'unisson, empli de curiosité, l'encourage à poursuivre.

Vous avez sans doute entendu parler de : « Moulinex libère la femme ! » Eh bien Moulinex, c'est moi ! Je veux dire, c'est moi qui l'ait créé.

Libère la femme, répète Anaïs en s'indignant, et puis quoi encore ?

Êtes-vous féministe ? interroge le voisin.

Oui, répond-elle avec aplomb, je suis féministe. Mais ce qui ferait hurler plus d'une féministe, c'est que je suis parfaitement capable de m'enchaîner à un homme par amour.

Son jeune mari la dévisage avec étonnement.

Ce sont des chaînes bien légères, dit-il.

Et vous, Antonin, connaissez-vous un slogan publicitaire ?

Antonin fixe un des poissons d'or de la tapisserie, un de ceux qui paraissent fournir un effort spectaculaire pour se cacher parmi les ajoncs.

Vous n'êtes pas obligé de répondre, dit Hugo. J'imagine que vous ne devez vous retourner que sur les affiches de théâtre.

Antonin lui lance un regard noir. Comment Hugo peut-il savoir pour la pièce à l'affiche de laquelle il n'est pas ? La pièce qui va se jouer sans lui, alors que le rôle était taillé sur mesure. Non, il ne peut pas savoir à ce point. J'ai eu tort de lui lancer ce regard. Prêtons-nous au jeu. Il réfléchit encore.

J'en connais un, je crois…

Les convives sont suspendus à ses lèvres.

Et c'est ? demande Édouard avec impatience et défi.

C'est…

C'est ?

THE FBI NEVER SLEEPS !

Alle rit sous cape. Avec tout l'aplomb légitime que lui confère sa profession, Édouard s'insurge :

Mais enfin ! Ce n'est pas DU TOUT un slogan publicitaire…

Antonin le fixe intensément, puis, sans prévenir, frappe du plat de la main sur la table.

Si, c'en est un ! éructe-t-il.

Tout le monde est abasourdi par l'irruption de cette brève et soudaine violence. Alle tire de son veston une pochette d'allumettes marquée à l'adresse de The New York Delicatessen, 104 West 57th ST. New York City. À l'aide de l'une d'elles, il réanime une longue bougie de table couleur cerise qui vient de s'éteindre sous l'impact. Sa lueur désigne aux yeux de tous le visage d'Antonin pétrifié dans l'effroi. À nouveau sous les feux de la rampe, ce dernier balbutie des excuses inaudibles.

Les méfaits de l'opium, chuchote le publicitaire à l'oreille de sa femme.

Je vous propose d'aller prendre le dessert dans le petit salon chinois, dit Anaïs avec autorité, bien décidée à sauver son dîner. Maria, auriez-vous l'amabilité de servir le Diplomate ? Je ne fais référence à aucun d'entre vous bien sûr, c'est juste un pudding au whisky et au chocolat. Maria ? En même temps que les cafés ?

*

La faute à la fatigue, une migraine planante, cause de son emportement. Le plat de la main sur la table pour faire peur à la migraine, comme on chasse un hoquet déplaisant. Il demande à aller se rafraîchir le visage. Hugo lui indique le cabinet de toilette, à l'étage. Il emprunte l'escalier d'un pas chancelant. Regarde en biais les autres se diriger avec obéissance et frivolité vers le petit salon chinois. L'incident est resté parmi les miettes de pain sur la table. Il entend Édouard complimenter un vase. Enfin, ce n'est pas vraiment le vase qu'il complimente. Époque Ming, s'exclame-t-il, ça lui donne bonne Ming ! Pauline a emporté son verre avec elle, qu'elle a pris soin de remplir d'un fond de meursault avant de quitter la table. Anaïs s'assoit sur le canapé. Hugo passe un bras de propriétaire autour de ses épaules. Son bras finit par glisser pour venir se poser sur le haut du canapé, sans que l'on sache s'il est en définitive propriétaire du canapé, d'Anaïs, ou des deux. Antonin se cramponne à la rampe, accélère pour avaler les dernières marches, se retrouve à l'étage. Un couloir étroit, profond, qui s'éloigne progressivement de l'agitation du dessous. Une tapisserie identique au séjour en couvre les murs, à la différence que les poissons ne sont pas visibles, uniquement la végétation sous-marine, et quelques toiles suspendues, des nus féminins pour la plupart, de petite dimension. Antonin avance dans la pénombre, en direction des trois dernières portes réparties au fond du couloir.

À mi-chemin, une toile requiert son attention, il s'en approche et reconnaît une représentation d'*Hercule à la croisée des chemins*. Sur celle-ci, un homme hésite entre deux femmes dénudées : l'une symbolisant la chasteté, l'autre l'impudeur. La vertu et le vice. D'emblée, cette toile lui évoque la carte numéro 6 de l'arcane majeur du tarot de Marseille, sa ville natale. La carte numéro 6, c'est l'Amoureux. Et l'Amoureux dans le contexte du tarot divinatoire n'est ni un séducteur, ni un conquérant, pas le bellâtre imbécile si sûr de lui, mais au contraire celui qui hésite, dans une attente mélancolique entre deux directions, deux amours ou deux possibilités qui se présentent à lui.

Renouer avec Juliette, ou tout sacrifier à sa rencontre avec Anaïs ?

Il voudrait maintenant ouvrir la porte de sa chambre. Voir l'endroit où elle le fait. Le lieu où elle déploie sa nudité, le lit où elle est à la fois la vertu et le vice. Si quelqu'un le surprend, il pourra toujours dire qu'il s'est trompé de direction. Il entrebâille une porte au hasard, tombe sur un bureau au décor sommaire avec une immense étagère bardée de maquettes de la guerre de 14, zeppelins et avions de chasse, le bureau d'Hugo. Une deuxième porte, la chambre. Les murs sont peints d'un rouge de laque, tel un aplat chez Gauguin, appel à la sauvagerie, à l'amour sans réserve. Il allume une des deux lampes de chevet, revient doucement sur ses pas pour fermer la porte le plus doucement possible. D'un regard circulaire, il fait l'état des lieux, se sent aussi craintif et désorienté qu'un moineau entré par mégarde par une fenêtre ouverte. Il se dirige vers un placard à gauche du lit. Les étagères sont remplies d'une infinité de chaussures, exposées à même les planches ou dans des boîtes. En dessous, un alignement de robes suspendues à des cintres, des robes simples et d'autres plus sophistiquées pour le soir. Il passe sa main sur leur tissu, de la même manière qu'on effleure les six cordes d'une guitare, il joue leur mélodie, espère libérer leur odeur. Au sol, sous les robes, il est attiré par un fatras de caisses métalliques plus larges que hautes. Il s'accroupit, en sonde le contenu. Chacune des caisses contient des dizaines de cahiers d'écolier. Il en extirpe un du dessus. Des chiffres, des annotations, des comptes, une sorte de journal sommaire : *11 mai. Les jardiniers sont là de 1 h jusqu'à 2 h 10… Puis ils vont chez Monika. C'est bien… Le jardin reprend tournure. L'azalée près de la maison est superbe et aussi 1er rhododendron en pleine floraison…* Il le repose et glisse sa main dans les caisses du dessous. Encore des cahiers, de facture différente, de la taille de carnets Moleskine. Il en extirpe un des tréfonds, l'ouvre et y lit : *Dans le train, cinq paires d'yeux masculins me regardaient – de manière obsédante.*

Il ressent une vive émotion, un coup au cœur. Il le feuillette encore. Plus loin, un passage daté du 30 octobre : *Je ne me sens pas coupable de coucher avec Henry dans le lit de Hugo – pas plus que je me trouverais coupable de coucher avec Alle sur ce même lit. Je n'ai pas de moralité. Je sais que les autres sont horrifiés. Pas moi. Aucune moralité tant que le mal que je peux faire ne se manifeste pas.*

Il referme aussitôt le cahier, le repose bien en dessous, éteint la lampe, sort précipitamment de la chambre, retrouve la pénombre apaisante du couloir. Il laisse échapper un soupir, abasourdi par ce qu'il vient de découvrir.

Dans le cabinet de toilette, il s'effraie en observant son visage dans le miroir au-dessus du lavabo. Un visage où l'émotion se lit telle quelle. Où le trouble et la passion ne s'encombrent pas de masque. Il ouvre le robinet. Pose ses lèvres sur le filet d'eau, puis crache ce qu'il vient d'absorber sur cette image qui le séduit parfois et qu'il déteste le reste du temps. Ce reflet inconstant qui cherche l'amour et attire la souffrance. Quand il sort du cabinet de toilette, il chancelle au moment où la porte de la chambre qu'il a précédemment visitée s'entrouvre de l'intérieur. La silhouette menue d'Anaïs apparaît dans le couloir. Il recule d'un pas, tétanisé.

Oh pardon, je vous ai fait peur ?

Après un silence, elle ajoute, comme si la situation requérait une explication :

Je suis venue chercher un châle. Malgré le feu de cheminée, il commence à faire frais en bas. Nous ne sommes qu'en mars.

Nous ne sommes qu'en mars et vous êtes une Vénus, a-t-il envie de répondre, mais il y renonce instantanément, trouvant ça trop faible, vraiment naze, indigne du moment. Il voudrait dire – ou faire – quelque chose qui rende justice à l'émotion qui s'est emparée de lui. Il cherche une rampe, un rempart. Sa tête tourne dans tous les sens. Il s'accroche à une pensée, lui avoue ce à quoi il a pensé tout à l'heure :

Vous ressemblez à une princesse inca.

Et puis il lève le bras, il fait ce geste fou, de la main, paume tendue qui s'avance vers elle, comme pour aller toucher son sein. Le sein de la statue qui est le plus noirci, déjà marqué par tant d'autres. Anaïs ne bouge pas. Pétrifiée n'est pas le mot, elle se demande ce qu'il va faire, ce qu'il peut faire, ce qu'il osera. Ce geste impudent suscite aussitôt un nouveau combat intérieur. Comme lorsque, plus tôt dans la soirée, il a tendu la main pour essayer de faire basculer le châssis d'une fenêtre de train. Un geste dont il devenait nécessiteux, pour pouvoir respirer. Semblable, à nouveau. Il étouffe, confronté à la beauté de cette jeune femme, son magnétisme, son impudence. Il a besoin de toucher sa peau, d'éprouver son existence, son incarnation. Anaïs/Artémis. Il effleure son sein. Trois secondes, une éternité. Sa main redescend le long de son corps. Il se sent perdu, ayant franchi une limite qui l'a renvoyé de l'autre côté de la limite.

Merci pour le dîner, dit-il. Vous m'excuserez auprès de votre mari et des autres. Il faut que je parte, c'est l'heure du dernier train pour Paris…

Elle répond d'une voix blanche, si sèche et alarmée qu'elle en est la première surprise :

Mais Alle a proposé de vous raccompagner en voiture ! Et ce ne sont pas les chambres d'amis qui manquent, vous pouvez rester dormir…

Trop tard, il dévale l'escalier. Comme si la porte vers l'extérieur s'ouvrait d'elle-même. Il a déjà dépassé la statue dans la cour. Avec dans les oreilles le bruit de ses pas sur les graviers, scaphandrier miniature qui court sur des cailloux d'aquarium. Il détale dans les rues en pente de Louveciennes. Le cœur qui manque de glisser à chaque enjambée. Le cœur qui a les jambes coupées. Arrivé sur le quai, il ne parvient pas à calmer son émotion. Il sort un carnet Moleskine de la poche intérieure de sa redingote dans lequel il écrit : « Note à mon intention. Il va falloir que j'arrête de tout refuser systématiquement, de toujours fuir comme si d'avance je me jugeais coupable de haute trahison (envers quoi je ne sais pas), de m'attarder dans toute tentative de séduction sur ce que je trouve misérable, et d'en faire aussitôt une porte de sortie. Anaïs : tout faire pour que cette rencontre ne rejoigne pas la liste interminable des commencements perdus. »

2.
Paris est une farce (quinze jours après)

Le programme de la journée est un tourniquet pour les sens. Retrouver June passage du Havre, et le soir Henry dans le Paris palpitant de la fête débridée.

June est la femme d'Henry, l'écrivain américain que fréquente Anaïs au su de tous et dans le dos de tout le monde. Elle l'a rencontrée dans le sillage sensuel d'Henry et en est tombée immédiatement amoureuse. Qui pourrait résister à June ? Elle vient d'un autre monde et d'outre-Atlantique. Un cou gracieux à la Modigliani, une chevelure auburn qui tombe en cascade sur un visage de gravure de mode, des sourcils fins et des paupières un peu lourdes qui sont des gangues à ses yeux de feu.

Anaïs lui a donné rendez-vous passage du Havre. June adore se laisser faire, jouer le rôle de l'étrangère en territoire conquis, et espère toujours qu'Anaïs va prendre en charge le récit de l'après-midi, comme une enfant qui se ferait influencer par celle du gang qui a le plus d'imagination : aujourd'hui nous serons des apaches, des pirates, des filles pas comme il faut. Aujourd'hui elles s'encanailleront à acheter une paire de sandales. Anaïs en a eu l'idée, le projet, l'impérieuse nécessité. Elle a vu June, cette princesse gitane, dans ses chaussures usées et cette vision lui a soulevé le cœur. Hugo voulait lui offrir une énième paire de chaussures, elle a dit qu'elle se débrouillerait, a pris l'argent qu'il lui donnait, et elle va maintenant en faire don à June. Elle veut vivre ce moment avec elle, exaltée de la combler d'attentions, déterminée à réparer ce qui lui a paru injuste et douloureux. Le plaisir comme réparation. Ensuite, elles pourront filer au Palais des glaces en se tenant la main pour voir leurs silhouettes se démultiplier. L'un des reflets pourrait même voler à l'autre un baiser, sans que personne sache de qui il s'agit réellement. « Réellement », quel étrange adverbe, qui en personnifiant le réel affirme aussitôt qu'il ment. Le *réel ment* davantage que les mensonges qu'invente Anaïs et dont elle use pour ne blesser personne. D'une pierre, deux coups. C'est d'ailleurs ce qu'elle pourrait servir comme excuse à saint Pierre quand il l'accueillera aux portes du ciel. Ce n'était pas tant pour moi que pour ne pas blesser les autres. En vérité, je vous le dis, j'ai pris soin d'eux par mes mensonges.

Le passage du Havre est un tunnel caverneux qui relie la rue Caumartin à la rue Saint-Lazare. On y trouve un vendeur de trains miniatures, un professeur de chant pour rossignols et un marchand de fleurs fanées.

Sais-tu que les lycéens de Condorcet viennent parfois s'y procurer des images libertines ? demande Anaïs dans un sourire espiègle.

Elle attrape June par le bras.

Regarde, là-bas, ce type à la mine patibulaire, c'est un montreur de nus photographiques, comme il y a des montreurs d'ours, un chasseur de lune en plein jour !

Elles s'esclaffent. Dans l'acoustique du passage, leurs rires ont l'impact d'une dizaine d'écolières lâchées en récréation après de longues heures d'étude. Anaïs et June gravissent l'escalier pour accéder au magasin qui se situe à l'étage. Légèrement en retrait, Anaïs contemple les chevilles de June qui se découvrent dans la montée. Elle voudrait les attraper dans ses mains. Baiser leur fraîcheur.

Baiser. C'est drôle qu'en France ce mot désigne à la fois le baiser et l'acte sexuel.

C'est parce qu'il y a peu de différence, prétend Anaïs. Si c'est bien fait, embrasser, c'est baiser.

La vendeuse, massive et terne, se montre d'emblée désagréable. Sans doute se sent-elle offusquée par ces deux superbes créatures – la blonde et la brune – qui lui paraissent tout de suite étrangères, donc suspectes, l'une américaine, enfin juive, juive avant d'être américaine, ça se voit tellement, estime la vendeuse, et l'autre, une petite métisse brune d'on ne sait où. Espagnole, Portugaise, Ritale... Enfin, quand même, ça l'ennuie de ne pas pouvoir mettre une étiquette sur cette fille comme il y en a sur ses boîtes de chaussures. Alors voilà, elles seront toutes les deux juives, une fois pour toutes. Forte de ce constat, elle rechigne maintenant à se pencher pour leur faire essayer les chaussures. Et puis quoi encore ?! Elle pose les boîtes sur un tabouret avec l'air de dire : démerdez-vous. Ce qui convient parfaitement à Anaïs. Elle est prête à se pencher, à se baisser, à ramper pour pouvoir approcher les pieds nus de June.

June dit :

Je n'aime pas mes pieds. Je ne les ai jamais aimés.

Ils sont merveilleux, rétorque Anaïs. Il n'y a pas de chaussure dans ce magasin qui leur rende justice.

Quand elle dit ça, c'est comme si elle voulait en voir plus. Avec la nudité, tout, c'est rien. Un peu, c'est plus.

La vendeuse trépigne. Ces deux grues ne sont jamais satisfaites, la grande avec son accent américain fait exprès d'hésiter sur la pointure pour l'obliger à courir en réserve. Et pendant ce temps, Dieu sait à quelles diableries elles se livrent. Elles prennent sans doute des poses érotiques, se montrent leur minou, pratiquent la théurgie, récitent des imprécations...

Anaïs et June sont prises de fou rire, l'irrépressible fou rire des amours débutantes, le fou rire qui dévoile le corps, fait cahoter les seins comme s'il s'étaient prêts à vous glisser dans les mains. Fou rire qui a les bienfaits d'un courant d'air, dans cette atmosphère pesante aux effluves de carton et de cuir.

June desserre le cordon de sa cape.

On étouffe dans cette pièce.

Je voudrais te chausser tous les matins, pense Anaïs. Couvrir tes pieds et tes chevilles de baisers frais ou brûlants selon la saison. Comme à Versailles. Comme si j'entrais au service de la reine. Passer ma vie à te chausser et te déchausser. Elle pense aussi à ce que lui a répété Henry. Henry qui n'est jamais loin quand il s'agit de glorifier June. Henry qui lui a dit cent fois que son idéal féminin est une femme qui a le monde à ses pieds.

Je crois que celles-là me vont bien, tranche June en désignant la dernière paire de sandales essayée. Elles ne me font pas de trop vilains pieds.

Anaïs approuve à regret. Elle aurait voulu que le moment dure encore. Que des cartons n'en finissent pas d'êtres déballés, qu'une profusion de sandales engorge à jamais le passage du Havre. Mais elle sait aussi qu'elle pourra retrouver ce moment et le faire durer encore, ce soir, dans l'intimité de son journal. Elle reviendra dessus, l'étirera à volonté. Cela est en son pouvoir. Cela étend son pouvoir.

Je pourrais t'offrir le monde ! éclate-t-elle, les yeux au bord des larmes.

Le monde ? Mais c'est une immondice. Une saleté hors de prix. Comment comptes-tu t'y prendre ?

Anaïs rétorque avec une malice retrouvée :

Dans les vitrines du Printemps, j'ai vu des globes terrestre en carton qui ne coûtent que cent vingt francs. Même pas besoin de prendre les plus onéreux, ceux éclairés de l'intérieur. Tu n'auras qu'à poser tes yeux sur l'un d'eux, comme tu le fais sur moi, et lumière sera faite !

La lumière, répète June. La lumière me rend triste.

Pourquoi ?

Tu ne seras pas toujours là pour m'éclairer.

C'est comme les deux sens du mot baiser. Éclairer pour mettre en lumière, éclairer qui fait gagner en clarté.

Elle voudrait lui dire : je serai toujours là. Elle n'y arrive pas.

June murmure :

Il n'y a de grandes amours qu'au bord de se perdre, n'est-ce pas ?

C'est tout à fait le type de phrases que June aime prononcer. Elle aurait très bien pu dire, en prenant des airs mystérieux : Toutes les rues sont des impasses. Ce genre de trucs. Elle pourrait enrober n'importe quelle nunucherie dans du chocolat qu'Anaïs s'en délecterait comme si le précieux nectar provenait de chez Angelina. Elle en a parfaitement conscience et pourtant ne sait jamais faire autrement que d'être sincèrement émue par la sincérité de ses faussetés.

On dirait que tu y prends du plaisir ? ose Anaïs. Du plaisir à toujours penser à la tristesse des claps de fin, et, de ce fait, les provoquer.

Oh, fait June, j'essaie juste de m'en sortir le mieux possible avec le tempérament que j'ai.

Aussitôt, par précaution, elle se reprend :

Ne fais pas attention à ma tristesse. Ce n'est rien. C'est à cause des demi-saisons. Les demi-saisons sont toujours violentes parce qu'elles font ressurgir des parfums qu'on avait oubliés, mis sous scellés pendant des mois, et, subitement, dans la demi-saison, ces parfums reviennent à nos sens de la même manière que des blessures d'enfance.

Plus tard, dans les miroirs du Palais des glaces, Anaïs contemple le visage de June. Un visage qui tient du charme et de la métamorphose. Le visage d'une femme qui depuis toujours se fixe dans la fuite et resplendit dans l'outrance. Elle comprend que June pense encore à s'échapper. Elle est une flamme qui n'aime pas faire long feu. Elle va vers le danger comme elle retourne en enfance.

Alors, Anaïs lui demande :

Est-ce que je peux t'embrasser ?

Et ce qu'Antonin n'a pas pu faire l'autre soir, elle le fait, là, maintenant. Elle pose longuement sa main sur la poitrine de June, qui ne la retire pas.

*

Tout le long des boulevards parisiens, on trouve des professionnels de la terrasse. On s'y installe pour se raconter trois fois rien et mater tout ce qui bouge. La ville ne vaut que par ces promontoires improvisés sur la marée humaine. Les habitants envient leurs largesses ou pestent sur leurs mesquineries, s'y acclimatent comme des primates dans le zoo de Neuilly. Encore trois ou quatre tours d'aiguille, et ce sera l'heure où les gens comme il faut auront depuis longtemps baissé les yeux ou fermé leurs volets de bois. Devant les enseignes colorées des cabarets, les impatiences s'agglutinent. Une flopée de filles vêtues de robes à paillettes pénètre par la porte de service d'un cabaret, frétillantes et disciplinées telle une procession de libellules. Des talons se cassent sur les pavés, des couples s'effarouchent d'une averse impromptue. Les hommes relèvent le col de leur pardessus pour protéger le bas de leur visage de cette pluie qui tombe uniquement pour produire des flaques, des reflets, des miroirs dans lesquels une dernière fois les filles inspectent leur silhouette avant d'aller se déhancher et s'ébattre. Si les robes perdent en longueur, gagnent sur le genou, ce n'est pas tant par indécence, ni pour être mieux léchées par les flammes du stupre ou du patriarcat, caressées comme des déesses ou brûlées comme des sorcières, mais plutôt pour ne pas être éclaboussées par ces fichues automobiles qui rasent les trottoirs avec frénésie. La fée Électricité est de sortie. Elle brille de mille feux. Ses apôtres fidèles avancent tête baissée à la recherche d'une aumône de mégots fumants ; s'y mêlent des étudiants qui viennent dépenser l'argent économisé sur les repas sautés : le liquide retourne au liquide ; un type coiffé d'une casquette à la Gavroche, au sourire de bonimenteur et à la denture douteuse, fait les cent pas sur l'asphalte en alpaguant les promeneurs :

Entrez, entrez !
Au 32
Rue Blondel
Vous êtes dans le ventre du
Poisson d'or
Il y a pour décor
Des canapés couleurs primaires
Comme des cailloux d'aquarium
Des plantes vertes qui cachent leurs rougeurs
Et même des filles qui ont échoué
À devenir vierges ou bien bonnes sœurs !

Les employées des grands magasins, les dactylos des agences et les danseuses de l'Opéra étouffent un léger rire, précipitent le pas quand Henry les déshabille du regard, les yeux plus gros que le cœur, le bonheur dégrafant les traits des visages qu'il attrape.

Arrête un peu ton cinéma ! proteste Anaïs.

Ils se tiennent bras dessus, bras dessous, arpentant le boulevard de long en large, sans but précis. Chaque fois, Anaïs est projetée en arrière sous la pression d'Henry qui fait des volte-face à n'en plus finir au passage d'une belle.

Qu'est-ce que ça peut te foutre ? C'est toujours moins dangereux que de lever la tête en l'air comme un ahuri pour compter les étoiles.

Compter les culs plutôt que les étoiles, la remarque préférée d'Henry depuis une semaine.

Vivement que tu trouves une place pour la glisser dans ton roman celle-là, ironise Anaïs, tu l'auras moins dans la bouche.

Des rabatteurs, à l'allure de coyotes efflanqués, postés aux sorties du métro, leur fourrent dans les mains des papiers imprimés de la taille de cartes de visite : « Piscine romaine, massage par dames », « Écran et nu artistiques »,

« Vision chinoise, massages sous l'eau ». Henry roule de grands yeux.

C'est bon, ça ! lance-t-il.

Massages sous l'eau, commente Anaïs en faisant la moue, ça ne donne pas très envie. C'est comme si tu étais dans ton bain et que tout à coup une dizaine de mains t'agrippaient en t'attirant vers le fond.

Oh, il y a ça dans les cabines d'essayage ! s'écrie Henry.

De quoi ?

D'essayage ! Il paraît qu'il y a des cabines de certains grands magasins, tu y vas pour te changer, et hop des mains inconnues te saisissent par-derrière, on te couvre le visage d'un gant imbibé de chloroforme pour endormir ta résistance, et ni une ni deux tu te retrouves dans le harem du sultan de Constantinople.

N'importe quoi !

Je t'assure. J'ai lu un article là-dessus.

Un article ou un chapitre du roman que tu écris ?

Un article. Que les dieux me privent à jamais d'un bon repas si je mens ! Ça dépasse de loin la fiction. C'est tout à fait sérieux. D'ailleurs, c'est la même chose avec la littérature, si c'est bien fait. Tu ouvres un livre pour te changer, pas de tenue mais les idées, et hop, tu te retrouves aspiré de l'intérieur vers un monde plus palpitant que le morne quotidien.

Oui, enfin, objecte Anaïs, je ne me suis jamais retrouvée à poil en lisant Proust.

Henry se passe une main sur le bas du menton.

C'est l'échec de Proust. Moi, j'aimerais écrire des livres qui ont cette force, qui donnent envie aux lectrices de se mettre à poil.

Il poursuit son petit numéro des grands soirs, gouailleur à souhait. Gare au revers de médaille. Anaïs a l'habitude de ses débordements de joie, qui cachent un pressentiment plus sombre. Mais, pour le moment, il éructe en chien fou, apostrophe telle fille qu'il connaît d'ici ou de là. Sans prévenir, il entraîne Anaïs dans un club enfumé, leur fraie un passage au milieu d'une brochette de noceurs. Un véritable palais sous la terre. Cinq salles voûtées au moins, dont trois pour danser avec du véritable parquet, comme sur le pont du Normandie. Fichtre ! C'est Byzance ! Des bracelets de corail et d'acier brillent et scintillent aux poignets des femmes. Il y a un Tzigane qui fait des merveilles à la guitare. Il a une main éraflée, s'est pris un coup de couteau en se battant avec un pickpocket. Ne lui a laissé aucune chance en retour. S'attaquer aux mains d'un guitariste, il faut vraiment avoir une cervelle d'arsouille. Quelqu'un vient parler dans l'oreille de la petite. Qu'est-ce qu'il voulait, celui-là ? demande Henry avec un regard mauvais. Il s'érige en protecteur, mais, en fait, c'est juste de la jalousie. Toujours la même rengaine. Alors, qu'est-ce qu'il voulait ? Rien. Enfin, quand même. Le chef des Gitans donnerait tout le trésor des Aztèques pour danser avec Anaïs. Henry voudrait juste un bon steak, accompagné d'un épi de maïs. Mais il se met à pleurer comme un bébé, voici l'orage annoncé précédemment, les larmes, le chagrin, le remords, June a avancé son départ pour l'Amérique, sans mot d'explication ni lettre d'amour. La douceur de vivre a pris le paquebot du soir.

Quand elle est là, proteste Anaïs, tu te plains, et quand elle disparaît, tu gémis.

C'est le dilemme de la création, rétorque Henry. June m'est indispensable. Mais quand elle est trop près de moi trop longtemps, sa présence contredit tout ce que je crée à partir d'elle dans mon travail. Il y a autre chose encore. Chaque fois qu'elle revient, c'est comme si elle voulait reprendre possession de la force vitale causée par son absence.

Anaïs réfléchit à ce qu'il vient de dire. Il commande une bouteille de gin.

L'écriture ? demande-t-elle. Ça fait de nous des êtres à part ?

Non. C'est parce que nous étions des êtres à part que l'écriture est venue. Oh, regarde, s'anime-t-il, il y a un orchestre de jazz ! Formidable ! Dansons jusqu'à plus soif, et ensuite nous irons au One Two Two !

Au one toutou ?

C'est un cabaret rue de Provence, précise-t-il, mais c'est vrai que là-bas les hommes, gouvernés par leurs sens, se comportent comme de véritables petits toutous.

Emporté par la musique, Henry se met à parler à Anaïs comme si chacune de ses phrases avait l'éclat vénéneux d'une chanson qui s'écrit à mesure qu'il improvise :

Au One Two Two
One toutou
Il y a des chambres à thème
Un igloo, une hutte africaine
On y trouve même – oh sapristi !
Le pieux décor d'une sacristie.
Derrière des glaces souvent sans tain
Des filles qui ont toujours la santé
Surprennent quelques sourires éteints :
Des voyeurs aux yeux convulsés !
Et sur un lit Second Empire
Voilà qu'une fille embroche une autre

C'est le vrai Paradis pour jouir
L'Enfer sans commettre une seule faute.

Sacristie ! lance Anaïs, il me tarde d'aller découvrir ça.

L'orchestre de jazz entonne maintenant les premières notes de « Sweet and Lovely ». Le trompettiste s'avance. Les tendons de son cou se gonflent telles de robustes cheminées d'usine.

L'âme, ce n'est rien qu'une question de tuyauteries, s'enthousiasme Henry. Écoute cette chanson, Anaïs, c'est un tube. Le tube, il n'y a que ça de vrai. C'est la plus grande invention moderne ! Le tube nous a apporté l'eau courante, le gaz, la médecine, et maintenant la musique.

Anaïs se dresse sur la pointe des pieds.

On dirait qu'il y a une fille qui t'appelle, là-bas.

De fait, une jeune femme longiligne, seins nus sous un boa en plumes, fait de grands gestes dans la direction d'Henry. Anaïs plisse les yeux, l'envisage avec suspicion.

Ah, s'anime Henry, c'est Pamela !

Pam est là ! répète Anaïs en détachant les syllabes.

C'est une amie, commente Henry.

Tout sourire, il entreprend de fendre une marée humaine de vagues connaissances pour se soumettre à l'invitation de la jeune femme. Il se retourne à mi-chemin vers Anaïs.

Tu viens ou quoi ?

Elle lui fait signe de la tête que non, lui envoie un baiser du bout des doigts telle une bénédiction, et continue à errer dans la succession des salles voûtées. Assez vite, malheureusement, elle regrette la compagnie d'Henry, car elle tombe sur un raseur de première, une connaissance d'Hugo, dont elle s'extirpe avec plus ou moins de courtoisie.

Épaule contre épaule, dans des brumes de fumée épaisses, cigarillos et Gitanes, elle essaie de retrouver la salle où se produit l'orchestre de jazz. Il y a des moments où elle sent que le jazz serait tout près de lui procurer un orgasme. Le sixième sens toujours en alerte – être une fille, bordel, dans cette ville ! –, voilà maintenant qu'elle se sent suivie. Le raseur de tout à l'heure ? Non, un autre type. Elle a appris à être prudente, surtout quand elle ne peut plus compter sur Henry. Aux aguets, elle repère la silhouette mouvante et oppressante qui gagne du terrain, la rattrape, la coince au moment où elle arrive dans une impasse, un mur de spectateurs agglutinés au plus près de l'orchestre.

L'homme se colle à elle. Un frotteur ? Elle avance pour s'en défaire, se fraie une place parmi le public. L'homme emprunte le même chemin. Elle sent son souffle chaud dans sa nuque, mélange de tabac et de bière bon marché. Elle se retrouve face à l'orchestre comme en front de mer, plus moyen de fuir. Se tourne à demi vers lui, prête à l'affronter. Il a les sourcils épais, des cheveux filandreux qui lui tombent dans le cou, une petite encoignure sous l'œil droit comme s'il avait reçu un coup de bague. Il porte des gants blancs assez précieux, ce qui donne une impression de malaise, car ses mains sont robustes, du genre à être au générique d'un mauvais feuilleton policier qui porterait pour titre : *Le Tueur aux gants blancs*. Il s'approche encore et lui murmure à l'oreille :

Vous êtes bien celle à laquelle je crois ?

Elle ne sait pas comment réagir à cette question aussi idiote qu'inquiétante, se tourne et plante son regard dans le sien pour sonder ses intentions. Surtout ne pas provoquer, la nuit a tendance à cracher du détraqué comme une machine à sous des jetons, pourtant Anaïs réplique, avec hardiesse :

Je n'ai pas compris votre question. Vous voulez dire que vous croyez en moi, ou que vous croyez m'avoir déjà vue quelque part ?

Pour toute réponse, l'homme esquisse un sourire malsain :

Voulez-vous venir avec moi quelque part ?

Malgré la peur qu'il lui inspire, et la lassitude que lui inspire cette peur que certains hommes lui inspirent, elle ne faiblit pas :

C'est où, quelque part ?

Derrière l'ambassade de Russie.

Elle met la main à son oreille, signifiant qu'avec la musique elle n'a pas bien entendu la sollicitation. Elle demande, en exagérant ses interrogations :

Quelles embrassades ? Quelle Russie ?

N'essayez pas de gagner du temps. Je sais pertinemment que vous allez me suivre. Je sais très bien quel genre de personne vous êtes. Je vous ai déjà vue, vous savez, avec des messieurs, dans des endroits bien moins fréquentables que celui où nous nous trouvons.

Il lui parle sur un ton à la fois autoritaire et doucereux. Envoûtant, jusqu'au malaise.

Je vous propose juste un trajet en voiture. Vous n'aurez qu'à vous laisser conduire, bercer, puis vous dénuder légèrement. Votre poitrine, et aussi soulever un peu le gousset de votre culotte. C'est sans risque. Les portières de la voiture seront fermées de l'intérieur. Je serai votre chauffeur.

Elle tente de s'opposer à son ton lancinant :

Vous êtes quoi au juste ? Un recruteur de la porte Saint-Martin ? Vous recrutez des filles pour qu'elles exposent leur intimité à la lueur des lampadaires ?

Il y a une rue, dit-il sur un ton égal, derrière l'ambassade de Russie, une contre-allée, qu'on appelle la rue des branleurs. Des messieurs de tout horizon viennent se poster de part et d'autre de la voie et attendent que des personnes comme moi au volant de voitures qui transportent des personnes comme vous empruntent cette voie, roulent au pas, ils ont déboutonné leur pantalon, ils ont leur chibre dans la main et le font aller et venir, lentement, ou plus rapidement, selon leur plaisir, au passage des autos. Parfois, il peut leur arriver de décharger sur la carrosserie, les vitres, mais tout est parfaitement hermétique et sous contrôle, sans aucun danger pour vous et moi.

Je ne saisis pas, dit Anaïs en constatant qu'elle a la gorge sèche, c'est la voiture ou la fille qui les excite ?

Vous êtes une marrante, fait l'homme dans un nouveau sourire. Mais voyez-vous, pour que cela fonctionne, il faut bien sûr que l'excitation soit partagée, qu'elle vienne d'un côté comme de l'autre, c'est pour cette raison que je ne propose pas cela à n'importe qui. Pour cette raison que je vous attendais. Voyez ça comme une expérience à laquelle vous pourriez prendre goût. Laisser frotter deux doigts sous le tissu de votre culotte, vous reculer sur votre siège, écarter vos jambes et vous caresser gentiment. Allez, ne faites pas l'effarouchée, je sais de quelle trempe vous êtes, et à quel point ce genre de situation peut enflammer votre imagination. Et puis, s'offrir sans que cela porte à conséquence, dans le plus parfait anonymat et en toute sécurité, n'est-ce pas un geste des plus altruistes, puisque vous soulagez le désir que votre beauté fait naître ?

Prononçant ces derniers mots, il a saisi Anaïs par le bras. Sa main gantée d'un blanc immaculé l'enserre comme une pince.

Lâchez-moi tout de suite ! Je ne suis pas venue seule, vous savez.

Vous êtes avec l'Américain. Il est bourré comme un coing. En train de cuver l'alcool qu'il a bu depuis 11 heures du matin sur les genoux d'une fille qu'il vient de rejoindre. En ce moment, il doit être occupé à lui téter les mamelons comme un gros bébé. Allez, ne faites pas l'enfant. Vous n'avez plus d'autre échappatoire. Je vous emmène faire une petite virée dans le XVIe arrondissement et je vous redépose ici ensuite. Vous retrouverez votre Américain. Il n'aura même pas remarqué votre absence. Nous sommes arrivés à une heure de la nuit où l'heure n'a plus d'importance, où l'heure est si confuse qu'on pourrait passer au travers comme dans une trappe. Laissez-vous conduire. Ce sera comme une danse. Je sais que ça vous excitera. Je sais que ça vous excite déjà.

Anaïs se débat intérieurement. Elle sent ses jambes et sa volonté se dérober. Peut-être que oui, elle serait prête à se laisser conduire, au culot ou pour le frisson, la curiosité et le désir, mais pas toute seule, avec Hugo peut-être, avec Henry, et puis elle lance un dernier regard désemparé aux alentours, un regard plaintif, qui appelle finalement à l'aide, et elle aperçoit soudain, comme par magie, qui fend l'orchestre de jazz, la silhouette d'Antonin.

*

Pas de doute, c'est Antonin. Il creuse l'espace autour de lui et se met à danser au son de la musique jazz. À sa vue, Anaïs retrouve un semblant de volonté, elle détache vigoureusement son bras de la pression exercée par l'homme, et d'un regard mordant lui assène :

Vous vous trompez. Je suis venue avec lui. L'homme sur la piste. C'est le chef d'un gang mexicain. Si vous m'importunez encore, il vous découpera ce qu'il vous reste de visage pour en faire des cotillons !

Lui ? questionne l'homme sur un ton halluciné, tout en observant Antonin esquisser de premiers gestes théâtraux et cryptiques.

Sans demander son reste, l'importun renonce et disparaît à contre-courant de petits groupes de jeunes gens qui se massent en nombre pour venir voir le danseur se trémousser au milieu des musiciens. L'orchestre s'est à présent redéployé en arc de cercle. Pieds nus, Antonin frétille comme un poisson hors de l'eau, les orteils tournés vers le ciel, les bras et les poignets cassés aux articulations, produisant dans chacun de ses mouvements d'étranges figures géométriques. Ses doigts sont écarquillés, il dodeline de la tête, descend sur lui-même en contractant son corps, ondoyant tel un clown qui jaillit d'une boîte mystère. Au moyen de petits pas mobiles sur le parquet, son buste se balance à quarante-cinq degrés, de gauche à droite, en rythme. Ses paupières sont peintes en bleu, deux bandes rouges à la base du nez, il daigne de temps à autre entrouvrir les lèvres pour pousser de petits cris imitant le singe, semblables à des ordres brefs, pour encourager les musiciens à retomber sur les pattes du thème mélodique. Anaïs est stupéfaite ; le public réuni dans la cave, enthousiaste et conquis. À la fin de la démonstration, ils applaudissent à tout rompre. Antonin se cabre avec panache, salue comme au théâtre, et relevant la tête, de retour dans le monde réel, il aperçoit Anaïs.

Sans perdre un instant, il va droit dans sa direction :

Ça par exemple ! La louve de Louveciennes…

Tout de suite, il lui paraît transformé. Le ton qu'il adopte. Une assurance qui n'a rien à voir avec l'attitude de l'autre soir.

Si je suis la louve de Louveciennes, réplique-t-elle en soufflant par le nez, vous êtes le renard de Rochechouart ! Dites, c'était quoi cette danse ?

Oh, ça ? dit-il à bout de souffle. Une danse balinaise. J'ai tenté de la faire se marier avec l'énergie de la musique jazz.

Anaïs le dévisage. Elle porte encore en elle un goût d'effroi et de colère à la suite de son échange avec l'individu à la proposition perverse. En s'adressant à Antonin, elle ne peut faire autrement – question de survie – que de libérer un peu de la révolte qu'elle porte en elle :

Surtout ne vous excusez pas pour l'autre soir !

Antonin écarquille de grands yeux. Elle lui rafraîchit la mémoire :

Votre geste sur moi.

Il rétorque, plus par défi que par conviction :

Je ne vois pas pourquoi je vous présenterais des excuses. Ce que j'ai fait, c'est un geste de sculpteur. Et puis, je n'ai rien fait, d'abord.

Parce que vous m'avez pris pour quoi ? Une sculpture ?

Il esquisse comiquement deux petits pas de danse balinaise, comme une réplique involontaire.

N'avez-vous jamais pensé, Anaïs, que nous étions toutes et tous des sculptrices et des sculpteurs en puissance ? La journée est imprécise, le moment lâche et flou, tout cela demande à être modifié, modelé, et je ne vous parle même pas de la nuit, cette matière obscure et molle. Les nuits sont faites pour être pétries.

Elle lève sur lui un index menaçant.

Eh bien, mettez-vous en tête que je n'ai pas envie d'être pétrie par la première main qui s'avance.

Confrontée une fois de plus à son silence désarmant, elle se calme, revient à leur contexte :

Où avez-vous appris cette danse bizarre ?

À Bali. C'est une création personnelle. Inspirée du théâtre balinais. En fait d'inspiration, c'est du souffle, de l'énergie, et bien entendu du mouvement. Une danse qui symbolise le combat entre le bien et le mal.

En tout cas, constate-t-elle, danser vous rend moins timide et sombre que l'autre soir.

C'est parce que je joue un rôle.

Un rôle de danseur ?

Oui.

Elle s'échauffe à nouveau.

C'est de jouer un rôle de danseur qui vous empêche d'être moins sombre ?

Antonin s'exprime avec calme :

Il y a deux choses au monde qui m'empêchent d'être moins sombre : jouer des rôles et faire l'amour.

Après un silence perplexe, elle dit, à bout de force, révélant qu'elle est soulagée d'être tombée sur lui :

Je suis comme vous.

Cette fois, il sent qu'il va oser. Le moment est propice. Il le pense.

Dites, Anaïs, vous ne voulez pas qu'on aille danser autre part, rien que tous les deux ?

Elle réfléchit. L'observe. Dit :

Désolée, pour ce soir, je suis déjà la cavalière de quelqu'un.

Vous êtes toujours la cavalière d'un autre. Chaque fois que je vous rencontre, vous êtes la cavalière d'un autre.

C'est comme ça.

Antonin se referme. Il n'a pas envie que la conversation cesse sur un goût d'inachevé, et il sait pourtant qu'elle arrive à son terme. Que la nuit réclame d'autres partenaires, de nouvelles rencontres, aux yeux ensommeillés. Il cherche toujours à recouvrer son souffle. Partie infinie de cache-cache avec son souffle. À mesure que s'éloigne l'énergie de la danse, il retrouve avec peine le bégaiement de la vie, le flou des voies de chemin de fer qui se superposent les unes aux autres.

Je suis heureux de vous avoir rencontrée, dit-il.

Ce soir ou dans cette vie ?

Il hésite un instant.

C'est dommage, parce qu'il ne nous reste déjà plus que sept rencontres.

Elle peste dans un froncement de sourcils.

Qu'est-ce que c'est encore que ces histoires ?

Sept. Pas une de plus…

Elle tend le menton en avant, témoignant de son impatience à entendre la suite.

Eh bien, pareil que pour les chats. Vous n'êtes pas sans savoir que les chats ont neuf vies. Ce n'est pas un hasard si nous leur envions leur noblesse, leur indépendance, leur détachement. Car nous autres, humains, possédons neuf vies également, mais comprimées et possibles en une seule. C'est là d'où vient l'essentiel de notre angoisse, par ailleurs. Bien sûr, la plupart des gens n'en utilisent qu'une, parce que ce sont vraiment des petites natures, mais il y en a neuf à disposition, je vous le promets.

Peut-être bien, dit-elle en secouant une épaule.

Or, ce qu'on sait moins, c'est qu'avec une personne qui nous plaît, je veux dire qui nous plaît vraiment, nous n'avons que neuf rencontres pour que survienne quelque chose d'exceptionnel. Neuf, pas davantage.

Il marque un silence, avant de poursuivre son explication :

Nous nous sommes rencontrés une première fois, chez vous, il y a quinze jours, à Louveciennes. Une deuxième fois, ici, ce soir. Par conséquent, il ne nous en reste plus que sept. Après, nous tomberons dans l'habitude et la banalité. Nous n'attendrons plus jamais l'un de l'autre quelque chose d'exceptionnel. Mieux vaudra alors ne plus nous revoir, ou nous résoudre à nous rencontrer de façon mondaine et échanger des considérations sans importance, comme le font bien des gens dans le meilleur des mondes.

Elle le regarde avec insistance.

Je ne sais pas pourquoi, ce que vous me racontez a tendance à me foutre le moral à zéro.

Pour toute réponse, Antonin ne la quitte pas des yeux. Elle ajoute, avec ironie :

Bon, eh bien, alors, j'imagine qu'il n'y a même pas à se donner rendez-vous pour les sept prochaines fois, nous n'avons qu'à construire des chatières dans nos emplois du temps.

Antonin est sur le point d'ajouter quelque chose, mais l'orchestre de jazz vient d'entonner *It don't mean a thing if it ain't got that swing*, et un grand blond au visage lunaire lui attrape les épaules pour l'entraîner dans une chenille débridée. Il adresse à Anaïs un sourire désolé et se laisse engloutir par la vague des noceurs. Elle le regarde disparaître dans la joyeuse frénésie, puis se retourne, fait quelques pas rêveurs, réfléchit à leur échange, secoue énergiquement la tête et décide de continuer à patauger dans la fête qui se vide progressivement de son public à la façon d'un aquarium. Lancée à la recherche d'Henry.

Elle finit par le trouver, affalé sur une banquette en cuir rouge, comme baignant dans son propre sang. Sa tête repose sur les genoux de la fille qu'il a rejointe tout à l'heure. Quand elle aperçoit Anaïs, la fille observe :

Il dort comme un enfant. Je ne peux même pas lui caresser les cheveux, il n'en a plus.

Anaïs soupire et lui dit :

C'est bon, je prends le relais.

Cette nuit-là, elle a toutes les peines du monde à fourrer Henry dans un taxi. Quand le chauffeur les dépose à Clichy, elle le pousse dans l'ouverture de la porte cochère, le laisse vomir dans la cour, éructer quelques jurons, tenter de soulever sa robe à deux reprises pour s'y cacher, et le hisse comme elle peut dans l'escalier. Une fois à l'intérieur du modeste appartement, elle le débarbouille, le déshabille, se colle à lui – Bon sang, Henry ! – sur le lit de fortune encombré des disques de jazz qu'elle lui a offerts, passe ses bras autour de son cou, tente de l'attirer dans l'amour. Mais Henry n'est pas en état.

Anaïs, Anaïs, c'est toi ? répète-t-il. C'est bien toi ?

Pour toute réponse, elle le regarde intensément et réplique :

Non, c'est le FBI. *The FBI never sleeps*.

Puis elle se lève et va jusqu'au bureau d'écolier qu'Henry a rapporté sur son dos, d'après la légende urbaine, depuis une brocante sous le métro Glacière. Sur son dos, pendant près d'une dizaine de kilomètres. Elle voudrait écrire, mais n'y arrive pas. Elle va se préparer un thé, s'installe à la petite table en formica, la tête dans les paumes de ses mains, jette un coup d'œil à la pendule au mur de la cuisine. Heureusement, il n'y a plus que deux heures à affronter avant de pouvoir attraper le premier train pour Louveciennes. Rentrer chez elle. Enfin ! Écrire !

3.
Le train de nuit
(à deux pas du printemps)

« Je ne peux pas vous tenir la main. Vous et moi, nous connaissons trop de monde à Paris. »

L'après-midi de la soirée où il avait dansé tout son saoul, Antonin avait obtenu – soutiré serait plus exact – un rendez-vous de Juliette, la femme rencontrée dans les bureaux de son éditeur et dont il s'était épris – comme on se cogne à un coin de table.

S'il avait pu danser de la sorte et en public, dans l'oubli de ce public ou en totale communion avec lui, c'était soit que le rendez-vous s'était déroulé selon ses projections, ses espoirs exaucés, du moins entretenus, soit à l'inverse que la déception avait été si cuisante qu'il avait fallu se débarrasser du chagrin ressenti comme d'une tique en s'agitant dans tous les sens.

C'était la deuxième direction. Celle de l'impasse et du ressentiment. Voilà ce qui s'était passé. Juliette lui avait donné rendez-vous à la terrasse du café des Deux Magots, un de ces après-midi où le boulevard est si encombré qu'on se demande ce que font les gens à 16 heures, s'ils ont un véritable travail, et comment va fonctionner la Bourse, le chemin de fer et la crèche, si tout le monde s'organise pour prendre son après-midi.

Antonin avait maugréé : trop de passage, un va-et-vient de connaissances, l'irruption d'un de ces fâcheux qui, frappés par la beauté de Juliette, ne manqueraient pas de s'inviter à leur table.

Par ailleurs, il avait entendu dans le choix d'une terrasse en front de boulevard : un lieu où nous ne nous embrasserons pas, où nous ne nous tiendrons pas la main. Ils s'étaient donc installés dans ce paradoxe flamboyant de pouvoir mater le tout-venant tout en attirant les regards. Juliette était apparue dans une robe d'après-midi en crêpe de soie au corsage blousant. Elle s'était plainte d'avoir oublié le chapeau assorti sur la banquette d'un autobus en ressassant ce qu'elle allait lui dire. Il avait interprété cette information comme un mauvais présage. Confirmant son pressentiment, elle lui avait expliqué dans un mélange de douceur et de fermeté qu'il était préférable qu'ils arrêtent de se fréquenter pour la raison qu'ils ne pourraient pas construire quelque chose ensemble.

Vous m'avez pris pour un mormon ? avait demandé Antonin.

Construire ensemble. Antonin ne se rappelait plus si elle avait ajouté le mot « sérieux ». C'est un adjectif qui, dans ce genre de conversations, traînait toujours dans les parages. Construire ensemble quelque chose de *sérieux*.

Je ne comprends pas, avait-il ajouté sur un ton abrupt, incapable de dissimuler sa déception, pour quelle raison vous employez le terme « construire » qui est un terme qu'on emploie dans le bâtiment, alors que je vous parle d'amour libre comme l'air.

Juliette avait répliqué, dans un élan de défense naturelle :

Vous parlez d'amour alors qu'on s'est vus à peine une dizaine de fois !

Une dizaine de fois..., avait répété Antonin en s'assombrissant d'un coup. C'est bien ce qui m'inquiète et me déprime.

Les mimiques de Juliette avaient de faux airs de Carole Lombard. Son visage embaumait la poudre de riz et le lait de coco.

Moi qui pensais que ça vous faisait plaisir qu'on se retrouve ?

Un garçon de café aux cheveux gominés était venu proposer une soucoupe afin d'y déposer le sachet de thé, mais Antonin aimait le boire très noir, semblable à du café. Une fois le garçon volatilisé, il avait répondu :

Tout me déprime ici ! L'amour et les oiseaux.

Les oiseaux ?

Oui, parfaitement, les oiseaux. Il y a encore cinq ans, nous aurions été témoins du bal joyeux des moineaux autour de cette table. Aujourd'hui, il n'y en a plus un seul. Le mauvais air, la pollution, les corneilles noires qui leur font la guerre. Une ville sans oiseaux est une ville perdue.

Il allait poursuivre sur le sujet quand ses yeux s'étaient posés, d'abord sans importance, puis en s'y fixant davantage, sur la silhouette d'un homme qui arrivait depuis la rue de Rennes et dont un je ne sais quoi de familier le détachait du petit groupe de piétons qui empruntaient le passage clouté.

Il avait reconnu Hugo.

Le mari d'Anaïs était en grande conversation avec un individu à l'embonpoint prononcé, qui portait un attaché-case sous le bras. À hauteur des Deux Magots, Hugo avait balayé machinalement du regard les clients en terrasse, avant de s'arrêter net :

Antonin ! C'est bien vous ?! Ça par exemple ! Quand je vais raconter ça à Anaïs ! Qu'est-ce que vous faites en terrasse à cette heure-ci, vous prenez le soleil ?

En fait, je travaille, avait répondu Antonin, se redressant avec soudaineté, conscient d'être resté un long moment dans une position voûtée.

Sérieux ? avait répondu Hugo. La bonne blague ! (Il en faisait des tonnes dans la jovialité mondaine.) Toujours le mot pour rire !

Cette remarque avec contrarié Antonin. La seule fois où ils s'étaient vus, lors du dîner à Louveciennes, il ne lui avait pas semblé avoir prononcé un seul *mot pour rire*.

J'écris un livre sur un empereur romain du IIIe siècle. Il passait son temps à édifier des temples au Soleil, alors, voilà, je lui rends hommage.

Hugo n'avait rien trouvé de spirituel à ajouter pour continuer l'échange. Il s'était donc contenté d'acquiescer, avant de conclure :

Je vous laisse travailler. N'oubliez pas que vous êtes le bienvenu à la maison, vous connaissez le chemin maintenant !

Sans perdre davantage de temps, Hugo s'était dirigé vers le quai de Seine en compagnie de l'individu à l'attaché-case. Ce dernier, durant le bref échange, était resté poliment en retrait. Les suivant des yeux, Antonin s'était laissé contaminé par les images de la maison de

Louveciennes et le souvenir d'Anaïs. Le rideau de ses cheveux noirs. Le val envoûtant entre ses deux seins. Ses épaules nues. Sa chambre aux murs rouges. Les phrases qu'il avait lues dans l'intimité de son journal planqué dans les caisses métalliques sous les robes. Les cinq hommes qui l'avaient regardée dans le train, de manière obsédante. Le passage où elle avouait clairement qu'elle couchait avec qui lui plaisait, dans le lit de son mari, sans y accorder la moindre importance.

Juliette avait toussé dans son poing. Il était revenu à contrecœur à la réalité.

Pardon, avait-il dit, je n'ai pas fait les présentations, car je ne me souvenais plus de son nom. Je suis toujours embarrassé dans ces moments.

Puis, après un silence, il avait ajouté comiquement :

J'aurais espéré que vous vous présentiez de vous-même.

Elle avait levé les yeux au ciel.

Avec vous, c'est bien simple, c'est toujours ma faute ! Vous ne me présentez pas à votre ami, c'est ma faute. Je fais le constat pour nous deux qu'une liaison n'irait nulle part, et c'est encore ma faute…

Antonin avait esquissé un sourire triste qui signifiait : « Avouez qu'un peu, quand même… », puis avait pris malin plaisir à préciser :

Ce n'est pas vraiment mon ami. Je suis surtout un ami de sa femme.

Cette remarque avait eu don d'exaspérer Juliette.

Vous voyez, Antonin, c'est bien ce que je dis. Vous vous amourachez de toutes ces femmes mariées, moi comprise, parce que c'est plus simple pour vous, vous pouvez vivre votre passion par éclats, en restant qui vous êtes, sans faire trop de compromis ni vous investir, en apparaissant et disparaissant quand bon vous semble…

À cet instant, sans savoir pourquoi, lui était revenu en tête la fois où il avait passé une nuit entière à dormir sur une chaise du jardin du Luxembourg en pensant à une fille qu'il venait de rencontrer. C'était dans un autre temps, du moins, dans la décennie précédente. Juliette avait continué sur sa lancée ; un flot déchaîné de paroles, comme si l'apparition d'Hugo et la remarque d'Antonin lui avaient donné le courage de déverser ce qu'elle avait sur le cœur. Antonin avait replongé dans ses rêveries : il s'était demandé si, contre toute attente, l'attaché-case que portait l'individu accompagnant Hugo, au lieu d'un lingot d'or ou de bons du

Trésor, n'aurait pas plutôt contenu un des carnets intimes d'Anaïs. L'un des plus obscènes. L'un des plus inestimables. Un carnet dans lequel elle confiait qu'elle avait rêvé de lui, qu'elle s'était peut-être touchée en pensant à lui.

Antonin ? Vous m'écoutez ?

Oui. Je ne vous blâme pas. Vous avez tout à fait le droit de faire marche arrière. Comme à la piscine olympique de Colombes.

Je ne comprends rien à ce que vous racontez. Pourquoi la piscine de Colombes ?

Parce que vous n'êtes pas obligé de sauter des cinq mètres si vous n'en avez plus le courage. Vous pouvez très bien redescendre par l'escalier. C'est d'ailleurs la raison pour laquelle il y a un escalier. Je connais des gens qui seraient fort capables de construire des plongeoirs suspendus dans les airs. Mais ils continuent à faire des escaliers pour donner aux personnes qui sont tentées de sauter, et qui, pour une raison ou une autre, sont devenues lâches en cours de route, de redescendre par les marches.

Exaspérée, Juliette avait réfléchi un moment, pour enfin prononcer :

Si je vous avais dit aujourd'hui : Fuyons ensemble, quelque part tous les deux, loin d'ici. Vous auriez été bien embêté, n'est-ce pas ?

Pas du tout ! s'était insurgé Antonin. Nous aurions fui ensemble, quelque part, tous les deux.

Elle avait secoué la tête.

Vous passez votre temps à fuir, c'est vrai. Mais tout seul. Il n'y a de la place pour personne quand vous fuyez.

*

L'image d'Anaïs ne le quitte pas. Son corps menu, sa taille élancée, le carré court de ses cheveux noir de jais. À partir de quoi naît l'obsession ? À partir de quand se fige-t-elle ? (Statue dans le jardin.) Elle est peut-être la flamme qu'il attendait pour mettre le feu à tout ce qui paraît superflu dans sa vie. Tout ce qui le laisse insatisfait et exsangue. La possibilité d'Anaïs, le rêve éternel sans cesse mis à jour de la complétude. Juliette pâlit en importance à mesure que grandit son désir d'Anaïs. Juliette et ses refus. Juliette et son incapacité à plonger dans l'instant tandis qu'Anaïs semble si douée pour vivre mille vies en une. Elle ne redoute pas de se donner tout entière à l'émotion du moment. Il ne pourra en outre supporter longtemps la présence du mari, Hugo, l'as de la finance, d'Alle le roi de l'entourloupe, et de tous les autres.

Il se situe pendant plusieurs jours à la croisée des chemins de ces deux amours. Juliette, Anaïs. Anaïs, Juliette. C'est dans ce temps suspendu que les cerisiers du Japon déploient leurs fleurs roses dans Paris, que leur floraison vit la brève existence de leur espèce. Antonin s'achète un kimono et fait les cent pas sur le quai du port de la Bastille, sur le flanc du quartier Sully-Morland, près des vestiges de l'ancienne prison. Il a repéré une succession de neuf cerisiers du Japon qui ont fleuri au même moment, précocement dans la saison. Il déambule sous leurs branches, en kimono de soie. Dans l'espoir d'une délivrance. Il se rend chez son éditeur pour lui faire lire les premières pages du texte qui l'occupe, la vie d'Héliogabale, l'empereur romain fou, comme Suétone avait fait la vie des douze Césars, à la différence que lui ne va pas suer autant que Suétone, il va trancher dans le vif de la biographie, y mettre son souffle, ses tripes, sa modernité. Il va s'incarner en Héliogabale comme le ferait un acteur. La compréhension par les sens, le mimétisme par la fièvre. Il s'engouffre dans le métro, la ligne directe de Bastille à La Tour-Maubourg. S'aperçoit trop tard qu'il a gardé son kimono. Qu'importe ! Il est Héliogabale. Il se sent moins fragile que l'autre jour dans le train de banlieue ;

le kimono agira comme une cape magique, une toge d'empereur. Il sort de la bouche de métro, prend la rue Saint-Dominique, bifurque à droite, s'arrête un instant devant la devanture bleue du magasin de jouets qui fait l'angle. Son regard est aimanté par le circuit d'un train électrique qui occupe la totalité des deux vitrines à l'entrée de la rue Amélie. L'ouvrage retranscrit parfaitement les ramifications savantes et hirsutes du chemin de fer français. Semblable à ce qui se passe dans ma tête, pense-t-il, un foutoir apparent et pourtant ça fonctionne !

Il observe la mécanique et les figurines microscopiques, le tunnel creusé dans la colline en papier maché, la peinture blanche imitant la neige, deux trois skieurs au sommet. Son attention se porte maintenant sur un des wagons. Il colle son front à la vitrine, croit reconnaître le trajet, le circuit, les portions de forêt, les boucles de la Seine et les maisons, le train et le compartiment. Il voit un personnage debout dont la petite main blanche est posée sur un châssis de fenêtre. Les autres personnages grimacent, certains ont l'air stupéfaits, d'autres arborent un regard sévère, les sourcils froncés. Cette scène, c'est inouï, c'est lui l'autre soir, dans le train pour Louveciennes, la scène identique, trait pour trait, représentée ici dans la vitrine du magasin de jouets de la rue Amélie. Il blêmit, la sueur perle à grosses gouttes sur son front, la vitrine se couvre de buée. Le passage d'une auto qui le frôle de près dans l'étroitesse de la rue le ramène à la réalité. Il manque de trébucher sur le trottoir, crever comme ça, en s'étalant sur l'asphalte, le crâne fracassé, ou écrabouillé par une auto, sans avoir pu déployer ses ailes, sans avoir pu prendre son envol, c'est possible, c'est tout à fait possible. Il se dirige prudemment vers l'ancienne chapelle désaffectée où sont situés les bureaux de l'éditeur. La fille de l'accueil lève à peine les yeux. C'est qu'elle doit en voir passer, des olibrius. Le kimono d'Antonin, une lubie d'écrivain, rien de plus, un type qui occupe son temps à noircir des pages sans faire la différence entre le jour et la nuit, alors pyjama ou costume, *what the fuck* ?

Une fois dans le bureau de Robert Denoël, Antonin décèle rapidement ce mélange bizarre de renouvellement de confiance et de soupe à la grimace qui est, de temps à autre, le propre de l'éditeur.

Tu mets l'accent sur la folie du bonhomme, or ce qui me paraît intéressant, et particulièrement actuel, c'est qu'il a été élevé par des femmes, et que finalement le véritable pouvoir politique, dans le cas d'Héliogabale, ce sont les femmes, sa grand-mère et sa mère. Et le fait qu'il va imposer une femme, en l'occurrence sa mère, au Sénat, au grand dam de tous les vieux barbons romains, fait de lui le premier empereur féministe !

Hmmm, tempère Antonin, il fait aussi enlever une vestale pour l'épouser. Tu sais que normalement les vestales devaient rester vierges sous peine d'être emmurées vivantes. Il la fait enlever sans lui demander son avis. On a vu mieux comme féministe. Bon, après, lui, il était déjà emmuré vivant dans sa tête. En fait, il était peut-être féministe, comme tu dis, à sa manière, mais de toute façon il ne croyait pas au genre. Ce qui est encore plus moderne, qu'en dis-tu ?

Ce que j'aimerais te faire comprendre, insiste Robert, c'est que tu dois te conformer certes à ta vision du personnage, mais aussi donner à ton futur lectorat l'envie de tourner la page.

De tourner la page… ? s'insurge Antonin. Mais est-ce que tu crois que, dans leur vie, les gens ont réellement l'envie ou le cran de tourner la page ?

Leur échange est interrompu par deux coups secs frappés à la porte.

Entrez, dit Robert, d'une voix ferme qui passe au-dessus de l'épaule d'Antonin.

Ah, Antonin ! s'exclame Bernard, l'éditeur associé de Denoël, qui se tient dans l'embrasure. Je pensais bien t'avoir vu passer à l'accueil. Dis-moi, j'ai un ami qui revient d'un séjour à Bali et il aimerait beaucoup te rencontrer. Le bruit court dans tout Paris que tu es un spécialiste de la culture balinaise…

Oui, oui, balaie Antonin d'un revers de la main. C'est surtout une question de danse.

J'organise un dîner à la maison vendredi, si tu veux te joindre à nous. J'habite en banlieue, mais avec le train c'est assez facile d'accès.

Le train ? répète Antonin en tressautant.

Oui, c'est à une quarantaine de minutes de la gare Montparnasse.

Je ne sais pas, j'ai du travail, je suis en pleine écriture, j'ai…

Bernard ajoute :

La petite Anaïs sera présente, tu l'as déjà rencontrée, je crois ?

Antonin marque un temps de stupéfaction, son sang se fige, puis il finit par répondre sur le ton le plus détaché possible, en s'éclaircissant la gorge :

Oui, j'ai dîné chez elle à Louveciennes.

Bernard ouvre un peu plus grand la porte en même temps que son étonnement :

À Louveciennes ?

Peut-être Bernard pense-t-il : zut, je devrais les inviter séparément. À deux dîners différents. Ne pas leur donner sous mon toit une occasion de se revoir.

Il l'observe. Essaye de percevoir Antonin avec les yeux d'Anaïs. Il lui a toujours paru certes beau garçon, mais trop taciturne et illuminé à la fois, trop imprévisible pour séduire les jeunes bourgeoises, à moins que, justement…

C'est d'accord ! Je viendrai ! s'écrie Antonin d'une voix beaucoup trop enthousiaste pour la situation.

Robert et Bernard échangent un regard surpris.

Bon, parfait ! finit par répondre Bernard dans un sourire forcé. Alors, à vendredi ! conclut-il en refermant la porte.

Donc, pour revenir à ton empereur romain, poursuit Robert, ce que j'aimerais surtout, c'est que tu conserves ce souffle épique, mais que ce soit un peu plus facile à lire, plus rassurant dans la forme.

Antonin acquiesce sans, semble-t-il, avoir écouté grand-chose. Comme s'il en était resté à l'intervention de Bernard : « La petite Anaïs sera présente. » Il regarde son éditeur et demande :

Tu crois que je peux déjà toucher un à-valoir ? Pour mon roman ?

Denoël hésite, mordille sa lèvre, plisse les yeux, puis finit par dire :

Bien sûr. Je te prépare le contrat et le transmets à la comptabilité.

Tu crois que ça peut se faire tout de suite ? Je veux dire : immédiatement ? insiste-t-il.

Quand il ressort des bureaux de l'éditeur, il se précipite dans le magasin de jouets à la devanture bleue, à l'angle de la rue Amélie et de la rue Saint-Dominique, et achète pour la totalité de la somme reçue les éléments de train électrique, circuits, voitures, figurines et décorations.

*

Le dîner du vendredi s'est mal passé. Il n'y avait que des gommeux qui n'ont pas eu leur pareil pour échanger des racontars, des perfidies sur le milieu de l'édition, qui couche avec qui, qui se plie, qui est plié, et des histoires de pistons, de journalistes aux pieds desquels on dresse le tapis rouge pour écrire un roman, avec des à-valoir pharaoniques, espérant en contrepartie des articles, des complaisances, du pouvoir, du prestige. Il a bien sûr été question de Bali et ses fameux combats de coqs, ce qui a exaspéré Antonin, car il a bien senti que le véritable combat de coqs se jouait entre les hommes présents pour emporter les faveurs d'Anaïs. Bernard a répété à plusieurs reprises à la jeune femme à quel point le train du soir était mal famé et qu'il valait mieux rester dormir à la maison, en dépit de la présence de sa femme, qui acquiesçait en voyant clair dans son jeu. Antonin a fini par déclarer que la symbolique du combat de coqs à Bali concernait les phallus, des petits phallus qui s'affrontaient les uns les autres, et ensuite il est resté muet pendant pratiquement tout le dîner, dans une communauté d'esprit silencieuse avec Anaïs, tentant de lui parler sans mot dire, de toucher son cœur, de lui faire comprendre en pensée : « Je voudrais m'enfuir avec vous, je voudrais respirer votre peau à m'en enivrer, je voudrais que votre mari reste à Londres, à Berlin, où ses affaires le mènent pour une semaine supplémentaire et passer ce temps-là à me cacher du monde vulgaire derrière le rideau de vos cheveux. »

Anaïs a souvent cherché son regard. Elle l'a senti à des kilomètres des conversations artificielles qui empesaient l'atmosphère. À un moment, elle a même pensé qu'Antonin dansait dans sa tête. Elle s'est fait la réflexion que, peut-être, il était en train de répéter quelques mouvements compliqués de danse balinaise, comme un pianiste tapoterait du bout des doigts un air de piano en effleurant la nappe du dîner. Alors, elle s'est imaginé le rejoindre dans cette danse, comme dans ces parenthèses magiques des comédies musicales américaines, ils auraient virevolté l'un auprès de l'autre, leurs souffles et leurs corps mêlés, semblables au feu qui danse sur l'eau.

Il y a eu cependant un moment particulièrement intense. Intense en déception pour Antonin. Anaïs ne s'était pas déplacée non plus sans raison. Elle avait apporté avec elle les premiers chapitres du roman d'Henry, *Tropique du Cancer*. Elle espérait convaincre Bernard de le publier. Et partir ensuite claironner la nouvelle de son succès dans tout Clichy, jusque sous les fenêtres d'Henry. C'est là qu'Antonin a commencé à se laisser envahir par le désarroi, submerger par le chagrin. Tant qu'Anaïs avait été son allié, à lui seul, il avait pu supporter la complaisance et la vanité de ce dîner, l'indigence et la lourdeur de la compagnie, la suffisance et la bêtise des conversations, mais maintenant, en révélant le véritable motif de sa présence, Anaïs s'était détachée de lui. Elle lui avait lâché la main dans cette danse secrète qui se fait à deux et dans laquelle réside le seul intérêt des dîners à plusieurs.

Voilà ce qu'elle était venue faire : intercéder en faveur de son Américain, de son idole absolue. Comment Antonin avait-il pu penser un seul instant qu'elle ne venait que pour lui ? Il se remémorait à présent la visite rue Amélie, Bernard qui avait passé sa tête dans l'encadrement de la porte du bureau de Denoël et avait dit : « La petite Anaïs sera présente. » Il avait été prévenu de sa venue sans qu'elle soit, du moins à ce moment-là, au courant qu'il avait lui-même été invité. Elle n'avait pas souffert de fébrilité en attendant ce dîner. N'avait pas pâli de désir, brûlé d'excitation, n'avait pas enduré la faim ni rien pu ingurgiter, sinon l'impatience. Elle n'avait pas donné un peu du temps de sa vie à espérer qu'arrive ce moment, de la même manière que sous l'effet d'une blessure le corps donne un peu de son sang. Bernard avait dit, au moment où sa femme apportait le limoncello, la poire et le cognac : « Anaïs, si vous nous faisiez le plaisir de nous lire quelques pages de ce fameux manuscrit… »

Ils avaient tous assisté au spectacle de cette beauté brune et souple lisant les mots crus, pleins de sexualité affirmée, de son écrivain amant. Ils l'avaient vue rougir, s'exalter, se mettre à nu, faire l'amour passionnément avec les mots d'Henry plein la bouche. Et Antonin avait dû assister à ça. Il s'était senti défait et isolé.

Or Anaïs, non plus, n'était pas sortie indemne de l'expérience de la lecture. Tous les hommes présents s'étaient rincé l'œil en la contemplant, écoutant peu, la déshabillant beaucoup. Pour finir, ce n'était pas si éloigné de l'expérience qui aurait été la sienne si elle s'était laissé conduire dans la rue derrière l'ambassade de Russie. C'était pareil avec ces hommes qui se disaient distingués et au-dessus de la fange commune, et qui organisaient leurs interminables dîners littéraires. Ensuite, ils l'avaient laissée au néant comme on laisse une putain dans une chambre, avec leurs commentaires réducteurs et infâmes sur l'œuvre d'Henry.

C'est osé, s'était contenté de dire Bernard. Plutôt moderne. Mais n'est pas Louis-Ferdinand Céline qui veut !

J'ai l'impression que c'est écrit au fil de l'eau, avait dit un autre invité.

Aussitôt repris par un troisième, qui avait ajouté, provoquant l'hilarité générale :

C'est plutôt écrit au fil du whisky !

Anaïs et Antonin étaient les seuls à n'avoir pas ri. Ils n'avaient pas dansé non plus, dans cet espace rien qu'à eux, entrevu un peu plus tôt, dans une autre réalité.

Alors, sur un coup de tête, laissant Anaïs à sa destinée d'intrigante et d'ambitieuse – pour un autre que lui, mortelle déception –, Antonin avait décidé de partir. Au prétexte, comme l'autre soir à Louveciennes, du dernier train pour Paris. Il les avait tous plantés là. Elle et les autres.

*

Il marche d'un pas énergique dans une de ces rues de banlieue champêtres et mornes qui descendent en pente douce vers le centre-ville. Les bras qui se balancent de façon rigide le long du corps, le visage fermé. Le vent s'est levé, furieux lui aussi de la soirée pathétique à laquelle il a dû assister, derrière les fenêtres, encerclant la maison. Le vent, son allié. Antonin se laisse porter par les bourrades dans son dos, accélère ses pas sous la poussée, longe un terrain de football dont un des buts a basculé sur le dos. Il pense à cette chanson que lui chantait sa mère quand il était enfant et qui dit : « D'où vient ce sentiment bizarre que je suis seul ? » Soudain, il entend des pas précipités derrière lui, une petite foulée haletante. Des pas trop légers pour l'inquiéter, le mettre sur ses gardes, surpris par un maraud. Il se retourne quand même, avec brusquerie. Anaïs ! Elle porte son imperméable à boutons en argent sous le bras, elle a dû partir à la va-vite elle aussi, une poignée de secondes après lui. Elle a couru pour le rattraper, cherche à recouvrer son souffle, chancelle en essayant d'enfiler son imperméable, manque de trébucher, il la retient par le coude.

Qu'est-ce qui vous prend ? Enfilez votre manteau, vous allez choper la mort !

Vous voyez bien ce qui me prend, répond-elle gaiment, je m'enfuis avec vous.

Ah ?

Il est troublé par sa décision. Se rappelle la dernière conversation avec Juliette, au café, sur l'impossibilité de fuir ensemble.

Jusqu'où ? demande-t-il sur un ton étrange, comme s'il s'adressait à une autre personne.

Anaïs s'étonne :

Comment ça, jusqu'où ? Jusqu'à la gare, pardi, et ensuite jusqu'à Paris.

Après un bref silence, elle reprend :

Vous êtes vraiment étrange. J'ai eu l'impression de retrouver l'Antonin du dîner à Louveciennes, le personnage taciturne, qui a mis un loquet sur son cœur et un sparadrap sur sa bouche, pas du tout celui de la danse qui me parlait de manière tout à fait détachée et... puissante.

Puissante ? s'étonne-t-il tout en continuant à hâter le pas.

Oui. Puissante.

Ça, c'était à cause de l'énergie de la danse balinaise. Je ne suis pas quelqu'un de puissant. Je ne voudrais pas vous donner de moi une fausse impression. Si vous voulez frayer avec les puissants, ne prenez pas la peine de courir derrière moi.

En tout cas, dit Anaïs sans se départir de sa gaieté haletante, vous êtes quelqu'un d'absolument rasoir dans les dîners.

Il la regarde de côté, tout en poursuivant son allure.

Vous aussi, dit-il, vous avez dû vous ennuyer ce soir, sinon vous seriez restée plus longtemps.

Dites, Sherlock Holmes, vous ne voudriez pas marcher un peu moins vite ?

Antonin ne répond pas. Il se contente d'étendre le bras pour écarter une basse branche d'acacia qui manque de peu de fouetter le visage de la jeune femme. Il dit :

Il a dû être très énervé que vous ne restiez pas pour la nuit.

Elle confirme d'un hochement de tête.

Je pense que c'était effectivement le projet de Bernard de me donner la chambre d'amis. Puis de venir visiter sa chère et tendre amie dans la nuit. Au nez et à la barbe de sa femme.

Ah bon ? Sa femme a de la barbe ?

Ce que j'aime avec vous, Antonin, ce sont vos bouffées d'innocence. Vous n'êtes pas du tout quelqu'un de lucide, n'est-ce pas ? C'est une expression, au nez et à la barbe de quelqu'un.

Hum. En tout cas, elle n'a aucun nez pour laisser faire de pareilles choses sous son toit !

Qu'est-ce que vous en savez ? Peut-être qu'elle nous aurait rejoints dans la chambre d'amis ?

Ce ne m'a pas semblé être son genre, remarque Antonin d'un ton catégorique. Par là, indique-t-il en exerçant une légère pression contre elle, je me souviens être passé par là à l'aller. Et bien sûr, vous saviez de quoi il retournait avant de venir ?

Oui.

Et vous en aviez envie ?

Bernard est très séduisant. Je m'étais faite à cette idée. Je ne me ferme jamais aucune porte. Je veux dire, je ne ferme jamais aucune porte à mon désir.

Et vous n'en avez plus eu envie ?

C'est ça, puisque je me suis enfuie avec vous.

Vous ne vous êtes pas enfuie avec moi, clarifie-t-il, vous avez couru derrière moi, ce n'est pas du tout la même chose.

Après un silence, il ajoute :

C'est à cause de ce qu'ils ont dit sur le manuscrit que vous avez lu ?

Ce sont des imbéciles, répond-elle avec franchise. Tant pis pour eux ! Ils le regretteront tous. Henry est le Dostoïevski américain.

Antonin grimace.

Dostoïevski n'a pas besoin d'un autre Dostoïevski. Surtout un Américain ! Si Dostoïevski devait avoir un double, il serait russe.

Oh, ne faites pas votre tête de mule, s'indigne-t-elle. Vous m'avez très bien comprise.

Il lance, avec acrimonie :

Ils se délectaient de votre lecture comme on regarde les effeuilleuses professionnelles de la rue Quincampoix. Dégoûtant !

Et vous alors ? rétorque-t-elle sur le même ton. Qu'avez-vous à offrir qui ne soit pas dégoûtant ?

Le visage d'Antonin se ferme à nouveau. Elle exagère un soupir, lui donne un léger coup de coude, tente de regagner sa confiance.

D'après votre théorie bien fumeuse, dit-elle joyeusement, c'était notre troisième rencontre sur les neuf, je n'allais pas la gâcher comme une allumette manque le grattoir.

Il ne répond rien. Ils marchent en silence sur une bonne centaine de mètres, toujours d'un pas rapide. Le décor qu'ils traversent se résume à des palissades muettes, des frondaisons chahutées par le vent et des aboiements de chiens. Une pluie fine commence à tomber, qu'importe, ils la prennent de distance. La gare apparaît au loin, une masse faiblement éclairée dans la pénombre. Le vent mugit, souffle comme un crapaud dans la salle principale déserte. Il y a de part et d'autre du quai un abri identique, sous la longueur duquel est installé un simple banc en bois.

Anaïs demande :

C'est quelle direction, vous croyez ?

Ayant décoléré, et de nouveau capable de juger la situation pour ce qu'elle est, il tente :

On s'en fout un peu de la direction, non ?

Non, dit-elle avec une tendre fermeté, il faut que je rentre à Paris.

Il a l'air déçu, fait une petite moue d'enfant contrarié. Il extrait quelque chose de la poche de son long manteau. La poche est profonde, comme une éraflure au sabre. Déplie l'objet. C'est une casquette. Brodée sur le front du logo des New York Yankees. Il s'en coiffe aussitôt. Anaïs le contemple, éberluée.

Ça alors ! s'exclame-t-elle. Antonin avec une casquette de base-ball ! Pincez-moi, je rêve !

Le train arrive à quai. Le compartiment dans lequel ils montent est vide, à l'exception d'un cantonnier en tenue de travail, qui roupille dans un carré.

Ils s'installent dans un autre carré, vers le fond. L'un en face de l'autre. Dans la diagonale, pour pouvoir étendre leurs jambes, du moins s'en offrir la possibilité, sans se gêner. Anaïs se hisse légèrement sur les fesses, jette un regard en profondeur, se laisse retomber et dit :

D'après Bernard, ça devait être mal famé. Je suis déçue.

C'est nous qui le malfamons… rétorque Antonin.

Le train s'ébroue dans la nuit. Antonin se repaît du silence, obstinément. Alors, elle ouvre le feu :

Vous croyiez que j'allais vous laisser rentrer seul, comme l'autre soir à Louveciennes ?

Il accepte de monter au feu :

Vous savez pourquoi je suis rentré seul l'autre soir ? Eh bien, parce que Alle n'aurait parlé que de vous dans la voiture. Il aurait tout fait pour me dégoûter de vous.

Je ne comprends pas.

Vous comprenez très bien. Ce soir-là, la nuit où je suis rentré seul, c'était pour emporter l'émotion de vous avoir rencontrée, pour qu'elle ne soit pas corrodée par un autre, pour qu'un discours ou une sensation extérieure ne vienne pas la corrompre. Alle aurait mis ses sales pattes dessus.

Anaïs baisse les yeux sur ses mains, dit d'une voix plus intimiste :

C'est drôle parce que ce soir-là, si je ne vous avais pas croisé à l'étage, si vous n'aviez pas esquissé ce geste, j'aurais juré que vous étiez troublé par Hugo, que c'est Hugo qui vous intéressait.

Je le trouve assez beau. Comme un mannequin. Un mannequin dans une vitrine, ou au théâtre. Comme un rôle qu'on pourrait incarner.

Vous pensez que, si on s'en donne les moyens, on peut jouer tous les rôles ?

Je ne sais pas.

Moi, je le crois.

Avez-vous parlé de ça à Alle ?

De pouvoir jouer plusieurs rôles en une seule vie ? Oui, bien sûr, c'est une idée qui me parle tellement.

Non, je voulais dire, avez-vous raconté à Alle que j'ai avancé la main pour toucher votre poitrine ?

Pourquoi lui en parler ?

C'est bien votre docteur, je veux dire, votre psychanalyste ?

D'accord, mais c'est vous que cet événement a le plus troublé, apparemment.

Ce que je veux dire, c'est que, si on ne raconte pas ce genre de choses à son psychanalyste, autant utiliser son argent pour se faire plaisir ailleurs.

Vous savez, au départ, je lui racontais sérieusement ce qui me tourmentait, mes rêves aussi, de temps à autre, et maintenant je lui raconte des choses que j'invente. Je teste avec lui jusqu'à quel point mes mensonges peuvent être persuasifs. C'est très utile.

Je vois, fait Antonin, c'est le charme des relations installées.

Elle sourit. Il s'anime à nouveau :

Voilà ce que je crois, Anaïs : vous êtes comme un poisson dans l'eau de vos mensonges et vous traitez les hommes comme ces petits cailloux d'aquarium que vous affectionnez tant. Vous les prenez entre vos mains un certain temps, et plouf, l'instant d'après, ils tombent plus ou moins lentement dans les profondeurs de l'oubli.

Elle ouvre les grands yeux de la fille qui n'en revient pas.

Pourquoi tant de méchanceté ?

Il sent sa pression sanguine diminuer, le calme revenir.

Je ne sais pas. Je ne sais peut-être pas faire autrement avec les personnes qui comptent pour moi. C'est plus fort que moi, c'est stupide.

Il a chaud. Il regarde le châssis de la fenêtre. Voudrait tenter un geste, mais ne fait rien. Au loin, les lumières de la ville sont de plus en plus nombreuses et persistantes, des points lumineux entourent grues et objets de chantier, de la façon dont sont mis en valeur les squelettes de dinosaures dans les expositions nocturnes du Jardin des plantes.

Ne vous faites pas de bile, dit Anaïs. Et puis cette histoire des hommes qui seraient comme des cailloux d'aquarium et qui tomberaient dans les profondeurs... vous avez dit quoi déjà ?

De l'oubli.

Oui, c'est ça... qui tomberaient dans les profondeurs de l'oubli, franchement j'adore, je vais retenir la formule et raconter tout ça tel quel à Alle, il va bicher !

C'est ça, moquez-vous ! fait Antonin.

Elle lui pose une main sur le genou.

Vous ne croyez pas du tout à la psychanalyse, n'est-ce pas ?

Sa main est déjà revenue à sa place, sur un pan de son imperméable.

J'y crois. Mais pas comme elle se pratique en Europe.

Que voulez-vous dire ?

En Europe, elle ne sert qu'à libérer les pulsions sexuelles enfouies, notamment chez les jeunes patientes comme vous. Et qui sont les premiers à en profiter ? Je vous le donne en mille. Les docteurs en psychanalyse. Tiens, je suis certain que vous couchez avec Alle.

Est-ce que ce sont des questions qu'on pose à une femme ?

Quand les réponses existent avant les questions, vous avez raison, c'est parfaitement inutile.

Elle hausse les épaules. Il s'en veut d'avoir peut-être fait une allusion trop flagrante à ce qu'il a lu en secret, dans la chambre rouge, farfouillant dans les caisses en métal qui contiennent les cahiers intimes. Heureusement pour lui, Anaïs ne semble pas s'être sentie démasquée. Du moins, la suspicion ne la rend pas coupable. Elle demande :

N'avez-vous jamais suivi de psychanalyse ?

Quand j'étais enfant, oui. Je devais avoir sept ans.

Impressionnant ! Qu'est-ce que vous pouviez bien raconter à un psychanalyste à l'âge de sept ans ?

Des histoires de caca.

Elle soupire.

Je lui racontais aussi que je demandais la permission de me lever de table avant le dessert pour aller dans ma chambre jouer avec mes soldats de plomb, mes figurines en papier mâché. Pour la raison que Dieu et les morts m'attendaient. Tous les soirs, comme si j'avais été le metteur en scène d'une pièce d'Eschyle ou de Shakespeare, et que je guidais les acteurs à mon gré, pour le bon plaisir de Dieu et de tous les morts qui s'installaient convenablement, à heure fixe, sur leurs fauteuils de nuage pour assister au spectacle.

Dieu et les morts ? Eh bien !

Oui, confirme-t-il, ça a également fortement impressionné le psychanalyste. Après, à chaque séance, il y avait toujours un moment où il finissait par me demander : Et donc, Dieu et les morts ? Parlez-moi un peu de Dieu et les morts…

Anaïs se met à rire. Antonin l'accompagne de bon cœur. Avant de faire un bond en arrière et de se redresser sur son siège :

Ça par exemple ! Vous avez les yeux d'un vert !

Oh, ils sont changeants.

Je n'avais jamais fait attention à autant de vert.

Et alors ?

Savez-vous ce que dit Baudelaire des filles aux yeux verts ?

Je n'en ai pas la moindre idée.

C'est dans « Les Bienfaits de la lune », le texte qui ouvre les *Petits poèmes en prose*. Il dit que les filles qui ont les yeux verts sont condamnées à aimer l'eau uniforme et multiforme, le lieu où elles ne sont pas, l'amant qu'elles ne connaîtront pas, les fleurs monstrueuses, les parfums qui font délirer, et les chats sur les pianos.

C'est tout à fait moi !

Et il ajoute que les hommes qui s'enticheront de ces créatures connaîtront de semblables affres. Ça, je crains que ce soit tout à fait moi.

Anaïs ne commente pas. Elle voudrait lui donner tort, le consoler, elle sonde l'épaisseur de l'instant, examine la fièvre du basculement, l'élan de son cœur sous toutes ses coutures, est-elle prête maintenant, ici, à s'abandonner à ses bras ? Elle se cramponne à ce qui vient d'être dit.

C'est drôle, dit-elle, parce que la première nouvelle que j'ai écrite s'appelle « La Femme que personne ne pouvait attraper ».

Hugo vous a attrapée.

Oh non. Il est le premier à me savoir insaisissable, mais s'il veut me garder il n'a pas d'autre choix.

Et Alle ? Êtes-vous amoureuse de lui ?

Ma parole ! Vous êtes obsédé par cette question. Est-ce que je vous demande, moi, si vous êtes amoureux ?

Eh bien, je n'ai pas de secret pour vous. J'ai fréquenté une femme mariée au début de l'année. Vous voyez, Anaïs, nous sommes pareils, je jette mon dévolu également sur des personnes mariées.

Elle lève les yeux en l'air.

Antonin, réfléchissez deux secondes ! Nous avons vous et moi plus de trente ans. À trente ans passés, tous les gens fréquentables sont soit mariés, soit en couple, ou alors c'est qu'ils ont vraiment une tare qui les empêche d'être fréquentables. Vous voulez quoi ? Faire l'amour avec des étudiantes ? Vous valez mieux que ça. Et si être en couple avec quelqu'un empêche d'avoir du désir pour quelqu'un d'autre, autant se faire bonne sœur.

Soit. Mais le problème, c'est que lorsqu'on est déjà avec quelqu'un, on a moins le temps pour la passion. Et la passion, ça dévore tout. Ça doit être comme un feu.

En ce cas, c'est une question d'organisation. Il faut juste savoir s'organiser. Je veux dire, savoir organiser ses mensonges.

Eh bien, j'imagine que Juliette n'était pas aussi douée que vous pour le mensonge. Je me suis lassé de ses empêchements à me voir, de ses réticences à aimer, ses excuses bidon. D'ailleurs, je vous ai rencontrée. Je veux dire… C'est à vous que j'ai eu envie de plaire.

Anaïs le regarde intensément. Elle se lève et s'assoit à côté de lui, sur la banquette en bois. Vient nicher sa tête dans le haut de son cou. Remonte la tête, pose légèrement ses lèvres sur une veine qui y bat. Antonin est tétanisé. Il ne sait pas comment réagir. Encore mille directions dans sa tête. Leurs doigts se mêlent et ils restent un instant comme ça, coupés du monde. Il attend que l'impulsion vienne d'elle. Encore une poignée de secondes, si rien n'arrive, il pourra le faire. Saisir le moment. Il va relever son menton et guider son visage jusqu'à ses lèvres. Mais c'est trop tard. C'est le dernier arrêt avant Montparnasse, et une foule de gens sortant du théâtre s'engouffre dans le compartiment.

Anaïs dit tout bas :

Je ne peux pas vous tenir la main. Vous et moi, nous connaissons trop de monde à Paris.

4.
Un baiser, des oiseaux (la semaine suivante)

Elle a rêvé de lui. Son beau visage fiévreux, sa grâce et son incandescence ; sa bouche ouverte à l'innocence et aux ténèbres. Dans ce rêve, Antonin déambulait boulevard Pereire, dans le Paris gris et apathique des périphéries. Il psalmodiait de courts poèmes tel un chaman, pénétrait la porte magique de son cœur. Ensuite, ils se retrouvaient dans une chambre et faisaient l'amour. Il la prenait avec l'obstination, la régularité d'une mailloche sur la peau d'un tambour, elle jouissait avec la tranquillité d'une rivière.

En se réveillant, comme elle n'était pas seule dans le lit, elle a secoué Hugo pour lui faire l'amour.

*

Après le dîner chez Bernard, elle avait couru derrière Antonin. N'avait pas pu résister à l'impulsion du moment. Dans le train de nuit, les spectateurs à la sortie d'un théâtre, en envahissant le compartiment, avaient sonné l'impossibilité de s'épancher sans être vus. Alors, au moment de se quitter à la borne de taxis de la gare Montparnasse, Antonin lui avait fait promettre de se retrouver au plus vite, lui avait demandé si elle voudrait bien lire quelques pages du roman qu'il était en train d'écrire, son *Héliogabale*. Il lui avait demandé cette faveur dans un élan passionné, lui laissant envisager qu'elle seule pouvait lui procurer les encouragements nécessaires pour parvenir à quelque chose de valable, du moins de justifiable à ses yeux. Elle avait suspecté que l'origine inconsciente de sa requête résidait dans la scène édifiante du dîner chez Bernard, la jalousie et l'impact que sa lecture du manuscrit d'Henry avait provoqués. Il voulait devenir à présent celui qui est lu, qui est élu, par elle. Anaïs n'avait pas envie de se sentir piégée avant que son désir ait pu éclore. Quoi qu'il en fût, il le lui avait formulé avec tant d'empressement qu'elle n'avait pas pu refuser, et ils s'étaient donné rendez-vous la semaine suivante, en terrasse, à la Coupole.

*

Antonin se promène dans les allées du cimetière. Il a passé la nuit à traîner avec des amis sinistres à un point incommensurable. Dans une fête où, vers 4 heures du matin, ses compagnons n'ont rien trouvé de mieux que d'aspirer des gaz hilarants, l'alcool réussissant peu à noyer leur médiocrité. C'est toujours très dégradant pour soi-même, de traîner avec des gens hilares, quand on a chevillée au corps une mélancolie infinie. Il les a donc laissés à leurs ballons de baudruche pour aller s'étendre quelques heures dans un cimetière. Aucune envie de patauger dans sa mansarde, et il est devenu impossible de roupiller dans les parcs ou les bois de Vincennes et de Boulogne à Paris. Pas tant à cause de la police ou des rats, il y en a en nombre certes, mais toujours moins que ces types qui s'approchent à pas feutrés et vous secouent pour vous proposer des trucs écœurants. Il s'est donc dirigé vers le Père-Lachaise et s'est étendu entre deux tombes. Il se dirige à présent vers celle d'Yvan Salmon, dit : Victor Noir, ce journaliste tué d'un coup de feu porté par un cousin germain de Napoléon III, alors qu'il n'était que le témoin dans un duel qui opposait ledit cousin au patron d'un journal anti-Empire. Son gisant est devenu célèbre, car une légende affirme que lui toucher les parties intimes serait un gage de bonne santé sexuelle. On raconte même qu'à la nuit tombée des femmes viennent le chevaucher et s'y frotter pour augmenter leurs chances de fertilité. Les pieds aussi sont particulièrement lustrés, car les palper permettrait de rencontrer le grand amour. Antonin s'y rend en pèlerinage chaque fois qu'il veut coucher avec une fille. Il touche le sexe du bonhomme et dit à voix haute : Avant que la nuit tombe, je coucherai avec elle. Il veut coucher avec Anaïs. Depuis le premier soir. Encore cinq rencontres possibles pour arriver à ses fins, selon sa légende personnelle. Coucher, puisqu'elle couche avec les autres. Et elle lui a même avoué qu'elle se préparait à le faire avec Bernard. Pourtant, ce soir-là, c'est avec lui qu'elle a décidé de rentrer. C'est avec lui qu'elle a habité pour toujours la portion de nuit où ils ont avancé côte à côte pour rejoindre la gare. Ça compte quand même, peut-être pas dans le grand bain de l'éternité, encore que, dans ce grand bain, c'est le genre de souvenirs qui permettent d'avoir pied.

Est-ce qu'il y a des filles assez dingues pour nicher leurs lèvres au creux de votre cou et refuser ensuite de coucher avec vous ? est la question qui le tourmente au moment où il planifie sa journée. Aller rendre visite à Victor Noir et traverser la ville, descendre la rue de la Roquette, emprunter Henri-IV, remonter Saint-Michel ou Saint-Jacques, pour aller retrouver Anaïs à la Coupole, boulevard du Montparnasse. Encore cinq rencontres et déjà la quatrième s'avère peut-être décisive pour ce qui le brûle de l'intérieur. Cinq rencontres avant le délitement de la fascination, la dissipation du charme, cinq rencontres pour éviter le pourrissement du désir. C'est plus qu'il n'en faut. Au moment où Antonin dépasse le *Flying Demon Angel*, l'édifice qui recouvre la tombe d'Oscar Wilde, il est tiré de ses pensées par des bruits précipités. Un garnement aux yeux méchants, qui a échappé à la surveillance d'un couple venu poser des chrysanthèmes sur la tombe d'un proche, s'amuse à lancer des cailloux sur un moineau.

*

Quand elle arrive devant la brasserie, Anaïs met du temps à identifier sa silhouette parmi la clientèle. Antonin est prostré sur un coin de table, à une des deux extrémités de la terrasse, inquiet, sur le qui-vive, prêt à fuir sans payer alors qu'il n'a visiblement encore rien commandé. Elle le rejoint, s'assoit à la place libre à côté de lui et demande :

Qu'est-ce qui vous arrive ? Vous êtes tout pâle !

Parlez plus doucement, s'il vous plaît.

Qu'est-ce qu'il se passe ?

Je suis recherché !

Eh bien, on va de surprise en surprise avec vous !

Le profil aigu d'Antonin est parcouru de tics nerveux.

Je suis recherché par la police. Car j'ai commis un crime.

Un crime ? s'enquiert Anaïs trop vivement.

Puis, bien décidée à se convaincre qu'il lui joue un mauvais tour, elle demande :

Un crime au théâtre ? Vous avez répété *Richard III* ?

Il la regarde avec sévérité, de la manière avec laquelle on sermonne une personne qui n'est jamais capable de prendre quoi que ce soit au sérieux.

Non, j'ai commis un crime vis-à-vis de la société.

Si c'est une blague, Antonin, j'aimerais qu'elle soit la plus courte possible.

Il s'explique :

J'ai frappé un enfant. C'est pour ça que je suis recherché par la police. Parce que les parents sont allés trouver les gendarmes. Mais c'est un enfant qui méritait d'être frappé parce que… – le visage d'Antonin se pare d'une inconciliable gravité – parce que… Bon, je vais parler… Parce qu'il jetait des pierres sur un oiseau !

Anaïs émet un bref soupir où se mêlent l'incompréhension et le soulagement.

Donc, pour résumer, vous êtes dans un cimetière ?

Il lui lance un regard perçant.

Oui, parfaitement, comment avez-vous su que j'étais dans un cimetière ? C'était au Père-Lachaise, au niveau de la sépulture d'Oscar Wilde, vous êtes une magicienne, Anaïs, vous avez vu clairement la scène !

J'ai dit ça comme ça, avec vos allures de chauve-souris…

Il y a un silence. Anaïs en profite pour héler un garçon de café et commande un Bitter Campari. Antonin acquiesce pour la même chose d'un mouvement du menton.

Bref, vous êtes au Père-Lachaise, vous voyez un enfant qui lance des pierres sur un oiseau, vous vous approchez de lui et vous lui donnez un coup de pied c'est bien ça ?

Antonin la regarde à nouveau, cette fois très chaleureusement, comme s'il venait de trouver en sa présence une avocate-née, une amie sincère, une alliée indéfectible.

Vous me questionnez à la manière d'un gendarme, mais oui, c'est ce que je dirais aux gendarmes s'ils m'attrapent. C'est comme ça que ça s'est passé. Bien qu'avant que je le décide, j'ai pesé le pour et le contre, je réfléchis toujours avant de passer à l'action, c'est... c'est une maladie... sauf que j'étais en train de réfléchir à la façon dont il faudrait agir, à toutes les voies possibles, à essayer de trouver la façon la plus juste pour mettre l'univers à l'endroit, voyez-vous, parce qu'un enfant qui attaque un oiseau, à mon sens, ce n'est pas l'univers à l'endroit...

Anaïs l'écoute attentivement. Ce type la déconcerte, l'attendrit. Parfois son intensité semble pénétrer en elle, et à d'autres moments son imprévisibilité la brusque, lui soulève le cœur, elle voudrait s'en détourner. Elle ironise avec douceur :

Pauvre Antonin, vous êtes tombé sur la tête. Pourquoi voulez-vous remettre l'univers à l'endroit ? Avez-vous vu l'ampleur de la tâche, le désastre est infini, les gens qui peuplent l'univers sont irrécupérables.

Oui, certainement, mais il y a quand même la possibilité d'essayer, or, pendant ce temps, le temps que j'occupais à réfléchir, le gamin en a profité pour se baisser une nouvelle fois vers le sol, empoigner des cailloux et les projeter encore sur d'autres oiseaux. Alors je me suis approché de lui, j'étais… enfin, plein de rage… comme si mon double avait agi, voyez-vous, mon double préféré, une version agissante, audacieuse, de ce que j'éprouve, et je suis allé mettre un coup de pied à ce mioche.

Il vient de s'exprimer dans un grand état de trouble, comme s'il revivait la scène. Il boit le contenu de son verre en deux gorgées égales, puis reprend le cours de ses paroles :

On ne devrait laisser personne s'attaquer aux oiseaux. Seuls les oiseaux ne sont pas corrompus.

C'est un enfant, plaide Anaïs.

Justement ! On ne soupçonne jamais assez la cruauté des enfants. Gilles de Rais par exemple, à cinq ans, il dépeçait des perdrix vivantes. Si quelqu'un lui avait seulement filé une bonne trempe…

Elle partage à voix haute sa réflexion :

Je ne suis pas certaine qu'un coup de pied au cul l'ait rendu moins cruel. Par ailleurs, je croyais que vous aimiez la cruauté ?

Oui… C'est exact. Au théâtre. Mais pas envers les oiseaux.

Elle approuve en silence. Après son aveu, Antonin recouvre ses esprits, se laisse lentement gagner par l'agitation du boulevard, le flot ininterrompu des passants. À l'image de ces petites pipes en plâtre qui tournent inlassablement sur un carrousel dans un stand de tir, il suit des yeux une silhouette, puis l'abandonne pour une autre, une diseuse de bonne aventure accoutrée comme une Indienne ashaninka, une jeune vendeuse de journaux qui compte soigneusement ses exemplaires avant de repartir haranguer les badauds, un type à la démarche voûtée qui pourrait être le sculpteur Giacometti parce qu'il marche trop vite et tend le bras comme s'il voulait attraper une idée qui se dérobe, le spectacle pourrait durer indéfiniment. Tout à coup, il sent Anaïs se pencher sur lui, tourne la tête en sa direction, elle l'embrasse.

C'est un baiser affamé de douceur. Un baiser qui dure ce qu'il dure, une poignée de secondes pailletées jetée de la main du hasard ou de la providence, mais ce baiser a été si beau, empli d'abandon et de fougue, qu'Antonin en ressort un peu triste. Une tristesse distraite planait sur Paris, elle s'abat maintenant sur lui. Pris au dépourvu, il demande :

Pourquoi m'avez-vous embrassé ?

Pour vous offrir une planque. J'ai cru voir passer un gendarme. Une planque ou une issue à vos tourments.

Il la regarde.

Vous ne voulez pas venir avec moi au Louvre ? Il faut que je vous montre quelque chose d'extraordinaire. Connaissez-vous Paolo Uccello ?

*

Ils descendent côte à côte le boulevard. Le pas est rapide, toujours. Et puis voilà que son humeur change à nouveau, à l'angle de Raspail et de Saint-Germain, à cause de ces monstrueuses colonnes Morris plantées dans sa trajectoire comme des marque-pages maléfiques.

Qu'est-ce qu'il y a, Antonin ? Ce n'est pas ce baiser qui vous rend sombre, j'espère ?

Un peu, si. J'aurais aimé qu'il dure longtemps. Mais je pense aux oiseaux. Et maintenant à l'oiseau marin.

Le silence attentif d'Anaïs l'encourage à se confier.

L'année dernière, je suis parti en résidence avec la troupe du théâtre de l'Atelier, pour travailler une pièce d'Euripide.

Le théâtre de l'Atelier, demande-t-elle, c'est bien le théâtre de Charles Dullin ?

Oui, c'est ça. Nous logions dans une maison qui donnait sur la mer. Nous étions environ une dizaine. D'habitude, je déteste la promiscuité, notamment la promiscuité masculine, mais il y avait plus de filles que de garçons dans la troupe, et comment dire, le théâtre grec avance masqué, alors les genres ne comptent pas beaucoup derrière des masques, vous devez savoir ça. Nous sommes restés un mois et demi. Le séjour incluait la préparation du spectacle, les lectures et les répétitions.

Attention, ils vont vous écraser ! hurle-t-elle en retenant d'une main son avancée au moment où, emporté par son récit, il ne se soucie guère de la circulation, et qu'une voiture s'engage trop vivement rue Sébastien-Bottin.

Il fait un signe de tête pour lui dire merci, reprend à partir de là où il en était :

De ma chambre, je n'avais pas vue sur mer, nous avions laissé ce privilège aux filles, mais le spectacle qui m'attendait en ouvrant la fenêtre – à cette époque j'arrivais encore à ouvrir les fenêtres –, bref, le spectacle qui m'attendait était le plus saisissant et le plus attendrissant qui soit. Un couple d'oiseaux marins, majestueux, avait élu domicile sur le toit d'en face, le temps de mettre au monde, d'élever et d'apprendre à leur bébé tout emplumé à voler de ses propres ailes. Chaque matin, chaque soir et chaque nuit, durant un mois et demi, j'ai pu assister à la croissance du bébé oiseau, à ses progrès, voir ses ailes se former, se déployer, les premiers essais imprécis de ses vols sous l'œil attentif et protecteur de sa mère. C'était un spectacle incroyable, un peu comme revivre en direct l'épopée de l'aviation. L'aéroplane Antoinette, Thérèse Peltier, Hubert Latham et Louis Blériot. Et une semaine avant que nous ne rentrions à Paris, en pleine répétition, il faisait très beau ce jour-là et nous répétions sur la large terrasse qui surplombait la digue, nous entendons des cris d'oiseaux affolés, des cris déchirants. Tout de suite, j'ai un mauvais pressentiment. Je cours dans toutes les pièces, me penche à chaque fenêtre, et à celle qui donne sur la rue je vois dans le ciel trois oiseaux effarés qui tournent autour de la maison. Vite, je me précipite dans la chambre, regarde par la fenêtre laissée grande ouverte, le bébé n'est plus sur le toit, je dévale l'escalier, me retrouve sur le trottoir et là je vois un amas de plumes et de sang, et la tête de l'oiseau, de côté, écrabouillée sur l'asphalte, passée sous les roues d'une de ces maudites automobiles, tué par un de ces satanés chauffards grisés par la puissance mécanique de son engin, par sa domination sur la vitesse et l'univers, un de ces criminels ordinaires qui n'en ont rien à foutre de rien…

C'est terrible, commente Anaïs.

Oui, d'autant que, dans la soirée, la mère qui comme tous les après-midi s'était absentée pour aller pêcher et pour ensuite nourrir son petit, est revenue se poser sur le toit avec un poisson dans le gosier, et elle a commencé à crier pour l'appeler, elle était désespérée, et toute la nuit il y a eu des cris rauques, des lamentations, et la nuit d'après elle est revenue encore se poser sur le toit, a continué à appeler, a essayé de dormir, et moi de mon côté je n'arrivais pas du tout à dormir, je me demandais ce qu'il y avait dans la tête de la mère à ce moment-là. J'étais bouleversé, totalement désemparé.

Anaïs le regarde avec compassion, voit la détresse nue recouvrir son visage. Elle voudrait dire quelque chose pour le consoler.

Je comprends, dit-elle, mais peut-être qu'il faut se dire que les animaux ont davantage de résilience que nous autres.

Antonin se fige à l'entrée du pont Royal, se tourne vers elle avec un regard aigre, emporté. Il voudrait lui saisir les bras et la secouer pour lui faire retrouver raison.

Qu'est-ce que vous en savez ? Qui vous raconte des choses aussi stupides ? Alle peut-être ?

Anaïs se renfrogne à son tour.

Pourquoi croyez-vous que, dès que je pense quelque chose par moi-même, c'est un homme qui me l'a dicté. C'est humiliant et exaspérant à la fin !

Antonin baisse les yeux vers la Seine, puis au loin, en direction de la tour Eiffel.

Je vous demande pardon. C'est que ça fait bientôt un an maintenant, et je n'arrive toujours pas à oublier le meurtre de cet oiseau.

Le meurtre ? Vous ne pensez pas plutôt que c'est un accident ?

Non, toute la société humaine est complice. Vous savez pourquoi les oiseaux viennent sur les toits des maisons ? Parce que nous avons empiété sur leur territoire naturel. Nous avons pris pour les besoins de notre consommation à outrance une part de leur nourriture. Nous sommes les seuls responsables de nos crimes, et pour faire disparaître un crime, la société des humains excelle dans la dissimulation par le crime. En en produisant d'autres, plus éclatants encore, et qui ont cette hypocrisie de ne paraître pas bien méchants selon les valeurs humaines ; oui, d'autres crimes impitoyables qui viennent effacer l'ardoise des crimes précédents.

Anaïs approuve d'un hochement de tête désolé, qui marque son impuissance.

Après, je ne pouvais plus du tout jouer la pièce d'Euripide, vous comprenez ? Parce que le théâtre d'Euripide repose sur le *deus ex machina*, et que là, pour empêcher l'oiseau de se faire écrabouiller en toute impunité, il n'y a pas eu d'intervention divine. Rien. Que dalle. Nada. Le théâtre grec, c'est dépassé, aujourd'hui la vie est un théâtre de la cruauté, et de l'absurde aussi. Parce que c'est absurde, vous imaginez pour la mère de cet oiseau, veiller sur lui toutes les nuits, l'empêcher de tomber du toit, le protéger des pétarades grégaires et imbéciles du 14-Juillet et de l'implacable soleil qui chauffe les tuiles en été et a manqué de le rôtir cent fois comme un poulet, tout ça patiemment, tous ces obstacles franchis, dans l'amour, pour qu'il se fasse écrabouiller à une petite dizaine de jours de prendre son envol et de pouvoir rejoindre la plage… C'est totalement absurde, il n'y a rien à dire, rien à réfléchir, c'est juste absurde.

Elle demande :

Pourquoi cela vous remue tant ?

Ah oui, vous me direz : c'est juste un oiseau. Mais c'est le propre de l'oiseau de voler, comme nous, nous respirons. S'il est né pour ça, et que dès son premier envol il se fait écrabouiller par le progrès des humains, à quoi servons-nous ? Nous ne sommes que destruction, Anaïs.

Partout où nous intervenons, nous n'apportons que la destruction.

Elle contemple une nouvelle fois ce visage qui appelle les ténèbres, qui hurle que l'homme qui le porte ne connaîtra jamais le doux répit de la simplicité. Elle ressent pour lui une immense compassion, elle voudrait agir, du moins en paroles, le consoler à tout prix. Elle dit :

C'est pour ça qu'il y a les livres. Et l'art. Parce que, dans l'art, nous pouvons enfin réparer cette immense destruction généralisée. L'écriture pour moi, pour nous, et l'art pour les artistes, je crois que c'est un processus de réparation. Le mot « art » est d'ailleurs contenu dans le mot réparation.

L'art ? interroge-t-il sur un ton ironique. Mais aucun des soi-disant artistes avec lesquels je partageais cette résidence théâtrale ne semblait plus bouleversé que ça par le meurtre d'un oiseau marin, toutes et tous davantage préoccupés de diction, de costume, de repassage, de bain de soleil, de couturière parisienne, de leurs noms sur ces atroces colonnes Morris, de distributions des prix, et de savoir combien de temps le spectacle serait à l'affiche, quels bénéfices personnels le succès collectif leur rapporterait… Et moi je n'arrêtais pas de penser à la mère de l'oiseau marin, à ses cris déchirants dans la nuit, à ses appels désespérés. Et personne ne partageait mes pensées. J'étais seul, emmuré dans mes pensées. Je ne pouvais m'empêcher de me demander : Qu'est-ce que fera la mère de l'oiseau marin après ça ? Après que sa plainte a cessé ? Est-ce qu'elle ira se mêler aux autres oiseaux ? Est-ce qu'elle retournera sur la plage pour voir la mer ?

*

Ils sont maintenant rive droite. Les hauts murs du palais du Louvre face à eux. Ils prennent la direction de l'entrée du musée. Une pensée brûle les lèvres d'Anaïs.

Vous auriez dû faire l'amour avec une des personnes présentes, dit-elle.

C'est une pensée assez comique qu'elle a pourtant émise avec tout le sérieux du monde, d'un ton qui ne prête pas à sourire.

Vous voulez dire, à une des filles ?

À une des personnes, oui, selon vos préférences. Faire l'amour élude la laideur du monde.

Oui, mais, il faut être au moins deux pour ça.

Vous n'aviez qu'à frapper à une des portes, prétexter la vue sur mer…

Quand je suis dans tous mes états, objecte Antonin pour lui-même, je ne suis déjà pas capable d'ouvrir une fenêtre, alors frapper à une porte…

Je dis juste que parfois faire l'amour console. Cela crée d'autres liens entre les gens. Des liens plus vivants, moins artificiels. On ne devrait pas y accorder tant d'importance, en faire tout un plat. Le seul prérequis serait d'en avoir envie, d'un côté comme de l'autre, et après, que voguent les conséquences !

Il la regarde avec émotion.

Vous êtes une drôle de fille, Anaïs. Parler avec vous, c'est un peu comme faire l'amour.

Parfait ! s'indigne-t-elle. Si c'est comme ça que vous voyez les choses, nous n'avons pas besoin de le faire alors.

Ces dernières paroles clouent Antonin sur place. Anaïs s'avance vers les guichets à l'entrée du musée, elle virevolte, amusée de sa propre audace. Heureuse d'avoir entraîné Antonin vers des pensées moins sombres.

Attendez ! gémit-il. Ce n'est pas du tout ce que je voulais dire. Bien sûr que j'ai besoin de faire l'amour avec vous !

*

Ils suivent quelques touristes belges et hollandais qui font partie d'un groupe dont l'acmé de l'excursion est de voir *La Joconde* en vrai. Anaïs et Antonin prennent plaisir à se glisser dans le groupe en gravissant les immenses escaliers du palais, à répondre par des sourires à l'étonnement des personnes qui les entourent, à les rassurer par des sourires, à se fondre dans le groupe par des sourires. De temps à autre, ils dépassent une femme ou un homme en uniforme, calé avec raideur sur une chaise, telle une version moderne de ces statues du dieu égyptien Anubis assis sur son trône.

Je vous emmène voir un peintre qui se nomme Paolo Uccello, dit Antonin. Paul aux oiseaux. Car il avait une véritable fascination pour les oiseaux.

C'est la raison pour laquelle vous l'aimez ?

Oui. Notamment. Vasari, le célèbre historien de l'art, a écrit de lui qu'il le trouvait « solitaire, bizarre, mélancolique et pauvre ».

Et vous vous identifiez à lui ? demande Anaïs avec gaieté. Ne vous en faites pas, Antonin. Pauvre, on s'en fout. Pour le reste, d'accord, vous êtes un peu bizarre, beaucoup trop mélancolique, en revanche pas du tout solitaire puisque je suis là.

Elle se colle à lui.

Je crois que les touristes nous prennent pour un couple, dit-il.

Oui. Et les Hollandais nous prennent pour des Belges.

*

Au moment où, en haut du gigantesque escalier, après être passé en trombe devant Cimabue et Giotto, le groupe accède aux salles des peintres du Quattrocento, Antonin se penche vers Anaïs, imprime un mouvement d'épaule et lui indique de se désolidariser du troupeau pour aller se poster devant une grande toile sombre boudée de la plupart des visiteurs. Ils se retrouvent seuls face à la peinture, tandis qu'une foule de personnes de nationalités différentes s'obstine à s'agglutiner devant Mona Lisa.

Voilà ! dit-il d'un air comblé. Anaïs de Louveciennes, je vous présente Paolo aux oiseaux.

Anaïs examine la toile. Vision d'ensemble et plusieurs détails. Ce qu'elle voit : au centre d'un fatras de lances, d'armures et de chevaux en panique, un chevalier paraît perdu en pleine bataille, le visage envahi par une irascible mélancolie, relié par un fil imaginaire au ciel et aux nuages.

C'est la bataille de San Romano, explique Antonin. Un jeu de pouvoir qui oppose

Florence à Milan et à ses alliés les Siennois. À l'origine, l'œuvre est conçue en triptyque. Ici, c'est le panneau droit. Les panneaux gauche et central sont conservés à Florence et à Londres. Dans les trois panneaux, il y a une bataille et une chasse à courre. Paolo reprend tous les codes du gothique international, dont il s'est fortement inspiré, mais c'est aussi une question de sonorités, ce que je veux dire c'est qu'il y a la violence métallique de la bataille, et tout autour la violence sonore de la chasse à courre. Dans le panneau de gauche, on trouve du gibier, des lapins, des chiens. C'est comme dans Paris, un couple se dispute sur le boulevard, ou, plutôt, imaginons qu'il y a une bagarre au couteau à un coin de rue, c'est un événement sur lequel on se focalise, et pourtant il a lieu dans un contexte de violence qui est celle de la ville, la violence pour matière ordinaire, les voitures, le bruit, les regards qui sont des meurtres, les meurtres sans un regard, et la violence sociale si omniprésente qu'elle a ses figures, ses codes et ses conventions, comme la chasse à courre en possède. Ici, dans ce panneau du Louvre, c'est l'arrivée de la cavalerie. Les Siennois ont attaqué l'armée des Florentins, qui va se faire écraser, et tout à coup apparaît la milice de Cotignola, l'homme mélancolique. Cotignola, c'est un *condottiere*.

Un chef de guerre qui détient sa propre armée et la *condotta* est le contrat qui le lie à un prince. À l'époque, il avait un contrat avec Cosme de Médicis, et sans doute que les Milanais et les Siennois pensaient que le contrat avait expiré, que Cotignola ne viendrait jamais se jeter dans la meute, se battre pour des prunes. Mais il surgit. Peut-être que le contrat a effectivement expiré, mais Cotignola se pointe quand même, pour l'honneur chevaleresque, ou parce qu'il est emporté dans la mécanique du combat. Parce que ses chevaux réclament la terre et la poussière, et que ses lances exigent le métal et le sang.

C'est très beau, dit Anaïs d'une voix plus basse encore que la voix basse qu'on adopte d'instinct dans les musées. Très sombre aussi. Ça me fait penser aux chevaux de bois d'un manège, quand ils sont embrochés par la rampe à laquelle se tiennent les enfants.

Vous voyez, sourit Antonin. Quand je vous disais que les enfants sont cruels !

Elle sourit.

Vous avez raison pour l'aspect de bois des chevaux parce que Paolo est très inspiré par la marqueterie. Il a aussi utilisé des matières nobles, des feuilles d'argent dans sa peinture. Il avait à cœur de rendre tout le goût de sang, de cuivre et de métal des batailles. Cette toile en fait, c'est comme si on assistait à un combat de coqs à Bali.

Elle lui envoie un coup de coude qui lui fait perdre son équilibre.

Ah ! Vous n'allez pas recommencer avec vos combats de coqs à Bali ! D'ailleurs, à propos de coqs, l'autre soir, à part votre sortie bien marrante sur les coqs qui sont des petits pénis, vous m'avez paru un peu flou sur tout ce que racontait l'ami de Bernard qui venait de passer une année en Indonésie. À un moment, je me suis même demandé si vous aviez réellement assisté à un combat de coqs à Bali.

Euh… oui, réplique Antonin au dépourvu.

Et quand êtes-vous allé à Bali ?

Il hésite.

Avant de vous rencontrer. J'ai eu une vie, vous savez, avant de vous rencontrer.

Et dans cette vie avant de me rencontrer, vous avez assisté à un combat de coqs à Bali ?

C'est ça.

Allons bon ! Vous êtes un peu comme notre Chateaubriand national, vous êtes revenu de partout, mais n'êtes allé nulle part.

Je vous trouve bien injuste envers Chateaubriand.

Oui, dit-elle rêveusement. Peut-être.

Ils restent encore un moment devant la toile d'Uccello. Dans leur dos, un gardien rôde distraitement tel un gros chat.

Regardez la mélancolie de ce visage, s'exclame Antonin en désignant la figure de Cotignola. Il est dans une mélancolie qui est un dépassement, qui surnage toute cette violence imposée, infligée par le contrat. Il porte en lui des batailles ancestrales, des tournois victorieux et des joutes perdues, des continents engloutis, la vanité de tout ça. Il apporte avec lui cette violence obligatoire, nécessaire, et s'en extirpe. Il rêve déjà qu'il est ailleurs.

Anaïs l'interrompt.

Comme vous, l'autre soir. Pas chez Bernard, mais avant ça, à Louveciennes. Vous rêviez d'être ailleurs, n'est-ce pas ?

Oui. Pendant tout le dîner, je rêvais que j'étais dans vos bras.

Elle ne relève pas. Pour étouffer l'audace et le feu de ses dernières paroles, il dit :

Et avez-vous vu son chapeau ? Quelle allure ! Je coifferais volontiers toute ma mélancolie avec un tel chapeau. Je passerais mon temps à arpenter le carrefour Vavin et le boulevard Raspail si j'avais son chapeau.

Vous avez votre casquette des New York Yankees, ce n'est pas si mal.

C'est vrai, dit Antonin.

Ils sortent en silence. Il est maintenant d'humeur bien mélancolique, comme si le tableau d'Uccello l'avait contaminé.

Ils marchent dans le jardin des Tuileries, laissant très peu d'espace entre eux.

Au fait, dit-elle. Votre manuscrit ? Héliomachin…

Héliogabale !

Oui ! Vous me l'avez apporté ?

Il gémit.

Ah non, je l'ai oublié… J'étais trop ému à.… à l'idée de vous revoir.

La prochaine fois, alors.

Oui.

Ils dépassent le bassin sur leur droite, ne font pas de détours, prennent la direction de la grande entrée, place de la Concorde.

Anaïs dit :

Je n'ai jamais aimé la solennité décorative et plombante des jardins à la française, il n'y a que de la poussière sous nos pieds. Regardez l'état dans lequel sont mes chaussures…

Ce n'est pas le cas à Louveciennes ?

Non. Il faudra que vous veniez voir le jardin un de ces jours.

Il est derrière la maison ?

Oui, c'est ça. Il faisait trop sombre l'autre soir pour le visiter.

J'ai senti sa présence, j'ai compris sa splendeur. À ce propos, je n'ai pas vu non plus votre aquarium !

Anaïs feint la surprise.

Quel aquarium ?

Puis, elle change d'expression.

Je vous taquine, bien sûr. Il faudra que vous veniez voir l'aquarium aussi.

Vous savez, avoue-t-il, que ce soir-là j'avais cherché dans Louveciennes des cailloux pour votre aquarium ? Il n'y avait que de la poussière.

Vous aviez cherché des cailloux ? C'était ça, la trace blanche sur votre pantalon ? On aurait dit du talc.

Elle éclate de rire. Il y répond par un rire.

Je vous remercie de votre délicatesse. De ne pas m'avoir fait la remarque. Pour les cailloux, j'en avais trouvé. Mais des moches. De toute évidence, je ne pouvais pas rivaliser avec celui apporté par Alle.

Ah ? s'étonne Anaïs. Vous avez été témoin de ça ?

Oui. Le fourbe ! Un caillou en forme de cœur. Dans le dos de votre mari.

Oh, tempère-t-elle, n'allez pas le juger infâme pour ça. Nous faisons tous des choses dans le dos de la personne avec qui nous sommes. C'est la seule manière que nous avons trouvé pour nous consoler de n'avoir pas plusieurs vies en une.

Antonin réfléchit à ce qu'elle vient de dire.

Vous avez certainement raison.

Notre vraie nature s'émancipe dans le dos des personnes auxquelles nous tenons le plus… C'est pour ça que nous sommes des êtres…

Tristes ? propose Antonin.

Non, j'allais dire : Fondamentalement solitaires.

Elle poursuit sur sa lancée :

Je trouve ça bien. Il faut savoir échapper. Fuir, non. Échapper, oui ! Échapper à ce qui nous tient, ce qui nous opprime, même avec douceur. Il faut savoir être libre. Ce que vous éprouvez sans doute avec le théâtre balinais, avec la danse balinaise, eh bien moi je veux l'expérimenter à chaque seconde. Mais si je m'expose au grand jour, les gens diront que je suis une femme légère. Alors que c'est tout le contraire. C'est parce que je suis profonde qu'il me faut expérimenter tout ça, vous comprenez ? Vous, je sais que vous comprenez.

Ce qui nous rapproche, dit-il, c'est le désir brûlant des possibles. Nous entrevoyons en l'autre quelque chose qui est de l'ordre du manque et de la complétude. Nous sommes des pièces de puzzle attirées les unes par les autres. Mais nous n'avons pas une forme fixe. Nous ne sommes pas des morceaux de bois rigides, rangeables dans un coffre. Sinon, nous nous satisferions d'un seul et même paysage, nous nous contenterions de trouver la pièce dans laquelle on s'emboîte le mieux, et zou ! n'en parlons plus ! Mais notre forme est aussi changeante que nos humeurs et les nuages, nos fascinations, nos peurs et nos désirs, c'est la raison pour laquelle on ne peut pas se satisfaire d'une seule et même place. Le baiser que vous m'avez donné tout à l'heure, c'était juste pour l'expérience ?

Non. C'est parce que j'en avais envie, et maintenant je dois vous quitter et prendre mon train à Saint-Lazare parce que j'en ai le devoir.

Ils se séparent d'un simple et chaste baiser au coin des lèvres. En la regardant remonter vers la rue Royale, Antonin songe : C'est bien pratique, son alibi de Saint-Lazare. Elle peut tout aussi bien remonter jusqu'à Clichy.

5.
La jeune Anglaise
(fin mars)

Tête penchée sur l'épais volume qu'il tient ouvert devant lui, il tente de se concentrer. En vain. Il note quelques repères biographiques dans l'embrouillamini d'événements et de dates, préfère inventer les détails. Son esprit musarde en permanence. Dans la salle de la bibliothèque aux murs lambrissés, peuplée de rares étudiants qui travaillent ou roupillent en silence, une silhouette avenante se déplace d'un rayonnage à un autre. Il lève la tête et croit reconnaître Anaïs. Un coup au cœur, contredit trente secondes plus tard au moment où la jeune lectrice vient s'asseoir non loin de lui devant une petite lampe en bronze. Il se plonge à nouveau dans ses notes. Héliogabale. Pendant que des giboulées soudaines fouettent les vitres de la bibliothèque et assombrissent l'espace de lecture, des milliers de torches brûlent dans les camps autour d'Émèse, la nuit du 15 au

16 mai 217. Julia Soemia, la mère de l'empereur, s'avance parmi les troupes, prête à galvaniser les centurions. Il va la faire avancer sur un cheval, les seins nus. Ce sera plus frappant pour le lecteur. Il écrit dans son carnet, déplié sur la table : « À l'autre bout du camp, échevelée, les seins sortis, la poitrine haute, Julia Soemia est blanche de feux. » Puis, juste en dessous, il commence à griffonner le brouillon d'une lettre destinée à Anaïs, dont il est sans nouvelles depuis le baiser de l'autre jour. Le baiser qui a eu valeur d'abri, d'après ses déclarations.

Seuls les mots peuvent venir apaiser son impatience, étancher sa soif de provoquer une nouvelle rencontre. Il écrit : « Je veux de vous des étreintes violentes, je veux entrer en vous, reposer en vous, et que l'on sente cette vibration pleine, vous et moi. » La lettre d'amour et le travail sur son roman font corps dans son esprit. Il se relit, passe en revue chaque mot comme Julia Soemia examine chacun des éléments des troupes d'Héliogabale. Sont-ils suffisamment armés pour vaincre ? « Je veux entrer en vous. » Il se demande si ce n'est pas excessif. Trop cru. Bah, son Américain doit certainement lui envoyer des missives encore plus triviales, de celles qui mettent le feu aux joues et donnent envie de faire l'amour. Les mots ont-ils ce pouvoir ? « Je veux de vous des étreintes violentes, je veux entrer en vous. » L'aveu direct parviendra-t-il à la troubler ? Est-ce qu'elle quittera Louveciennes, Clichy, le monde entier, séance tenante, pour le rejoindre ? Quel est le pouvoir d'une lettre d'amour ? Quand tous les autres monteraient à l'assaut avec leurs boniments grossiers et leur drague abjecte, une lettre d'amour ne prendrait-elle pas la place forte de l'intérieur ?

Anaïs est de ces filles qui suivent leur désir, qui le devancent, c'est encore mieux, et, la lettre encore fumante d'avoir été lue, elle pourrait très bien débarquer chez lui. Surtout, ne pas oublier d'inscrire une adresse au dos de l'enveloppe. Mais s'il imagine déjà l'émouvante silhouette s'élancer sur le palier, sera-t-il physiquement capable de la satisfaire ? Aussi sensuel et performant que ses autres amants ? Dans toute discipline, la conscience de la concurrence appelle l'obligation de la performance. Or, depuis quelque temps, il sent bien que l'opium a tendance à réduire sa libido à néant. L'opium et les maux de tête. De foutus maux de tête qui ne le lâchent pas. Il en impute l'origine à un accident qu'il a eu, tout gamin, en chutant dans un escalier et en atterrissant sur le crâne, mais il faut bien avouer que la plupart du temps la migraine provient juste de sa confrontation avec les gens, les conversations épuisantes de vide avec les autres qui le laissent insatisfait, découragé, exsangue. Tant de conversations inutiles qui le décharnent de sa substance, quand son idéal de moments dans la vie est de s'échapper d'un dîner barbant et d'être rattrapé par une fille du calibre d'Anaïs qui se colle à vous et déclare simplement qu'elle s'enfuit avec vous.

Il revient à Héliogabale. Il va lui filer ses maux de tête. Une solution qui l'aidera à s'en débarrasser à tout jamais. Où en est-il déjà ? Quel passage ? Ah oui, la bataille d'Émèse. La rivalité entre Héliogabale et Ulpius Julianus. La mère de l'empereur qui passe en revue les troupes, la poitrine haute et les seins nus. Il tente de décrire cette bataille, le cuivre des uniformes, la surprise du sang chez les soldats frappés par le glaive ou les flèches. Avant d'être touchés, d'aucuns doutent que leur corps puisse contenir autant de sang. Comme avant de tomber amoureux, on ne soupçonne jamais qu'on puisse être capable de verser autant de détresse et d'amour. Dans la marge, il écrit :

Bataille d'Émèse,
Bataille d'Éphèse,
Bataille de fesses.

Il vient de se rendre compte qu'il n'a pas écrit sur ses brouillons, mais sur le volume d'histoire qu'il consulte. Jette des coups d'œil affolés, de peur qu'un des bibliothécaires l'ait surpris et le menace d'expulsion définitive. Il referme le livre à la hâte, va le ranger dans le rayonnage, trébuche contre une chaise, bute sur quelqu'un qu'il reconnaît.

Ça alors, vieille canaille !

Le trentenaire, vêtu comme un dandy, feutre mou à la main et arborant dans l'autre une canne dans le style de Beau Brummell, offre un sourire des plus matois. C'est un des jeunes écrivains du groupe machinchose qu'il a fréquenté il y a une dizaine d'années. Quand on est jeune et qu'on débarque à Paris, il est plus rassurant de se mettre en bande, de se trouver des alliés, des accointances. Sept ans après son exclusion peu amène et très amère du groupe, voilà que le type lui tend une poignée de main molle de sympathie. À y réfléchir, il y a deux sortes de personnes. Les personnes réellement sympathiques, et les personnes qui sont sympathiques tant qu'elles trouvent en vous un intérêt pour leur propre avancement. Au fur et à mesure de l'existence, on comprend que les noms de la première colonne ont tendance à faire le voyage dans la seconde.

Tu travailles sur quoi ? lui demande-t-il.

Un roman.

Ah ! déclare-t-il aussitôt. Figure-toi que moi aussi.

Antonin commence à ressentir une vive contrariété. Le type se trouve dans le pavillon « Antiquité » de la bibliothèque et prétend travailler sur un roman.

Et quel en est le sujet ? interroge-t-il avec fébrilité.

C'est justement la question que j'allais te poser.

Antonin se braque malgré lui, déclare, sur la défensive :

Je préfère ne pas te le dire.

Derrière le sourire toujours aussi sympathique de son interlocuteur, la tension est palpable. Le compagnon d'autrefois modifie ce sourire en un petit rire sarcastique.

Tu as peur que ce soit le même sujet, ou tu crains que je te pique l'idée ?

Antonin ne se démonte pas :

Non, je n'ai pas peur. C'est juste qu'il y a plusieurs années de cela, j'étais au Bateau Ivre, un bar de la rue Descartes, en compagnie d'un camarade, et j'étais très enthousiaste parce qu'en pleine préparation d'un roman. Donc, j'ai tout raconté à cet ami, mon sujet, les raisons pour lesquelles ce livre m'était venu, et au petit matin, d'en avoir parlé, d'avoir éventé tout ce qui me tenait à cœur, je n'ai plus du tout eu envie de l'écrire. Le roman s'était envolé de moi, en quelque sorte. Actuellement, je suis donc perché sur cette pente de toit fragile où il faut que je conserve intact le désir de l'écrire.

L'homme le dévisage d'un air circonspect, puis demande avec aplomb :

Ton roman, c'est en rapport avec un empereur romain ?

Qu'est-ce qui te fait dire ça ?

Le volume que tu tiens dans les bras, tu t'apprêtais à le reposer dans le rayon « Empire romain ».

À cet instant lui revient en tête la remarque d'Anaïs : « Dites, Sherlock Holmes… » quand elle marchait à ses côtés pour aller prendre le train de nuit.

Bon, dit Antonin en improvisant afin de se débarrasser du fâcheux, parce que c'est toi, je vais te l'avouer : j'écris un livre sur Moïse.

Sur Moïse ?

Oui, le Moïse de l'Ancien Testament.

Ah. OK. C'était qui, l'empereur romain à l'époque de Moïse ?

Antonin garde le silence et pense : Qu'est-ce que ça peut te foutre ?

L'autre revient à la charge :

C'était pas plutôt des pharaons, à l'époque de Moïse ? Tu ne devrais pas plutôt prospecter dans la section « Égypte ancienne » ?

Il pense encore : Tu veux quoi ? M'exclure une deuxième fois de ton mouvement à la con parce que je ne sais pas qu'il n'y avait pas d'empire romain à l'époque de Moïse ?

Au lieu de quoi, il feint la capitulation :

Mon point de départ est simple. En fait, je me demande, au moment où Moïse sépare les eaux en deux pour que son peuple puisse traverser la mer Rouge, tu te souviens de cet épisode ?

Bien sûr, approuve-t-il. C'est un des meilleurs passages de la vie de Moïse.

Oui, alors, quand Moïse a séparé les eaux en deux, je me suis toujours demandé ce que sont devenus les poissons. Comment ils ont réagi ? Où sont-ils allés ? Enfin, c'est le point de départ de mon roman.

Son ancien camarade le regarde avec un mélange d'incrédulité et de sidération. Antonin poursuit :

J'en viens même à penser que c'est un si bon point de départ que ça pourrait être aussi le cœur et la conclusion du livre, qu'en penses-tu ?

Sans attendre de réponse, il fait un pas en avant et place le volume dans le rayon de la bibliothèque d'où il l'avait extirpé, puis présente ses excuses :

Désolé de couper court à la conversation, mais je dois filer. J'ai un rendez-vous. À une prochaine.

Antonin dit vrai. Il a rendez-vous avec Alle, qui veut l'entretenir d'un projet de conférence à la Sorbonne. Une conférence qu'Antonin pourrait mener pour le public qui vient habituellement assister aux cours du psychanalyste, et qui serait intéressé d'entendre des points de vue modernes et originaux sur le théâtre. Avant d'aller chez Alle, il a pour projet de passer voir son ami le peintre Balthus, comme tous les soirs, aux alentours de 19 h 30, dans son atelier de la place de Furstenberg. Dans l'autobus qui longe les quais, il reprend le brouillon de sa lettre à Anaïs. Griffonne dans son carnet la pensée qui l'obsède : « J'ai depuis l'autre jour le goût d'une bouche de femme qui me poursuit. » Il se relit et approuve en silence d'un hochement de tête.

« J'ai depuis l'autre jour le goût d'une bouche de femme qui me poursuit. »

*

La porte de l'atelier de Balthus est entrebâillée. Antonin pénètre dans un foutoir de cadres adossés les uns contre les autres, d'une table jonchée d'esquisses reprises patiemment ou violemment déchirées, de dessins de nus. Il enjambe des caisses d'accessoires, évite le contact avec un chat roux qui se faufile entre ses jambes, il se baisse au passage d'une poutre, écarte le bras d'un mannequin en armure de chevalier qui orne la pièce de la même manière que s'il lui était permis de pénétrer dans le tableau du Louvre qu'il affectionne tant. S'il avait ce pouvoir, il saurait comment se déplacer jusqu'au condottiere. Lui demander quel est la raison profonde de sa mélancolie, ou juste lui chaparder son chapeau. Il aperçoit enfin Balthus, allongé sur une paillasse, la tête sur un coussin brodé. Le peintre semble à demi conscient. Il y a entre eux une telle similitude physique, profil d'oiseau, visage émacié, corps mince et fiévreux, intensité dans laquelle se livrent bataille la faim et la passion, qu'il croit être en présence de son double, alité et en mauvaise posture. D'autant qu'un flacon de laudanum, dont il a l'usage et connaît toutes les proportions du désastre, trône en évidence à côté du lit. D'un simple coup d'œil, Antonin comprend que son ami n'en a pas ingurgité en quantité suffisante pour s'être mis en danger de manière irréversible. D'ailleurs, quand Balthus ouvre un œil prudent et le reconnaît, il se lève aussitôt pour venir le saluer chaleureusement.

Ah, c'est toi ?

Tu attendais quelqu'un ? demande Antonin.

J'attendais une femme. D'où cette petite mise en scène dont, j'espère, tu ne me tiendras pas rigueur.

Parce que tu voulais qu'elle croie à une sorte de suicide ? Pour l'attendrir ?

Et pourquoi pas ? répond Balthus en cherchant de quoi fumer. Assieds-toi une seconde, dit-il en désignant un fauteuil crapaud en velours jaune.

Juste une seconde, car j'ai rendez-vous avec Alle.

Le psychanalyste ?

Oui. On doit discuter d'une conférence sur le théâtre qu'il m'a demandé de préparer. Tu sais, dit-il en désignant du doigt le flacon de laudanum, pour que ça prenne, il faut qu'on pense que tu as ingurgité davantage de produit.

Ah oui, tu as raison. J'imagine que, pour une affaire aussi sombre qu'un suicide, je ne dois pas réfléchir en termes de couleur.

Et tu penses vraiment que la fille en question sera attendrie que tu aies essayé de te foutre en l'air pour elle ?

J'aime les filles qui ont un cœur d'infirmière, dit-il.

Antonin réfléchit.

Ça pourrait tout aussi bien l'effrayer.

Statistiquement, ça effraie une fille sur trois. J'ai lu ça dans un rapport très sérieux de l'université de Bâle en Suisse. Une université fondée en 1460.

Pas possible ! bondit Antonin. C'est l'année où Paolo Uccello termine son triptyque de la bataille de San Romano !

Exact, et l'année où Piero della Francesca peint la sainte Marie-Madeleine du dôme d'Arezzo. C'est vrai que tu admires autant Paolo que j'aime Piero. Je me demande ce qu'on fait rue de Furstenberg, on devrait se retrouver place d'Italie. Donc, d'après cette étude de l'université de Bâle, une fille sur trois pourrait être sensible à un tel stratagème. C'est la raison pour laquelle il faut être amoureux de trois filles différentes en même temps, ou mieux encore, ce qui est mon cas, amoureux de trois façons différentes de la même fille.

Antonin passe la paume de sa main sur son menton.

C'est intéressant. C'est elle ? demande-t-il en désignant une série d'esquisses qui montrent deux jeunes adolescents dans des situations acrobatiques et champêtres, innocentes et emplies à la fois de tension nerveuse et sensuelle.

Oui. Je nous ai représentés elle et moi en Catherine et Heathcliff, les héros du roman d'Emily Brontë, *Les Hauts de Hurlevent*.

Les sœurs Brontë étaient trois, dit Antonin. Charlotte, Emily et Anne. Je me demande qui des trois était l'infirmière ?

Balthus lui répond par une mimique enjouée et insondable, à l'image d'un chat, puis Antonin se lève et se dirige vers la porte. Avant de prendre congé de son ami, il jette un dernier regard au flacon de laudanum.

*

Le cabinet d'Alle se situe dans la discrète rue de Luynes, en bas du boulevard Raspail. Anaïs est assise sur une méridienne, Alle dans un fauteuil club couleur vison, les épais rideaux sont tirés, une précaution que le docteur en psychanalyse prend dès qu'il reçoit une patiente, Anaïs entre toutes.

Elle apporte avec elle le petit scénario du jour. Elle veut le tester, et aussi tester les choses enfouies dans son passé, les débris de verre planqués sous sa robe, en parler pour les polir, les polir jusqu'à ce qu'ils ne blessent plus quand ils remontent à la surface à chaque nouvelle marée, un rire, une réplique, une soirée.

La scène n'arrête pas de se rappeler à mon bon souvenir, dit-elle comiquement. Pourquoi y a-t-il des scènes dont on ne peut se défaire ? Et, la plupart du temps, des scènes provoquées par d'autres ?

Parce c'est obscène, répond Alle. Il y a des choses trop grandes pour nous, qui *blessent ouvertement la pudeur*, d'après la définition du *Littré* du mot « obscène ». Et nous ressentons comme une atteinte à notre libre arbitre l'irruption du récit d'une personne qui nous y inclut sans notre consentement.

Anaïs approuve d'un hochement de tête. Alle s'incline en avant dans l'obscurité.

Peux-tu me décrire en détail cette scène ?

Je suis encore bébé, engoncée dans mon landau, libre d'aucun mouvement ni d'aucune décision, et déjà en rage de commencer la vie dans de telles conditions. Entravée comme une conne.

La scène du landau, intervient Alle qui ne peut s'empêcher de ramener sa science, ça me fait penser au film d'Eisenstein : *Le Cuirassé Potemkine.*

J'ai une nurse à l'époque. Une nounou. Une nana. Je ne sais plus comment je la nomme, ni même si je suis en âge de prononcer un seul mot. Elle est anglaise, longiligne, mâchoire prognathe, démarche en compas, silhouette ravissante, une véritable jeune fille au pair, furieuse et furibarde, ruminant des enfers sans purgatoires, pétaradante sans Béatrice, et elle pousse mon landau de ses deux mains accrochées au guidon en métal. À son bord, je ne suis qu'une petite chose secouée de la tête aux pieds.

Et ça te plaît ? a envie de demander Alle, mais, au dernier moment, il s'en empêche et dit sur un ton professoral, qui se veut à la fois enjôleur et rassurant :

En voilà une honnête entrée en matière. La vie secoue, on n'a jamais assez de bras ni la stabilité suffisante pour retenir les larmes et les joies. Le corps est trop restreint pour ça, trop maladroit, et les autres, à l'image de ta nounou anglaise, impriment leur force, leur violence, leur égoïsme, quand le monde, à l'instar du landau, continue à rouler.

Rouler dans la farine, rebondit Anaïs, voilà l'histoire de la jeune Anglaise. Une de plus. Victime du don Juan de service, le pianiste star, la vedette égocentrique, le séducteur implacable qui lui a fait croire qu'il a une place pour elle dans sa vie, au mieux un strapontin, au pire un siège éjectable. La jeune fille au pair s'est laissé séduire par mon père, le terrible Joaquin Nin. Il l'a eue. Bien baisée. Lui a fait croire en l'amour irrésistible parce qu'il se croit, se rêve, se sait irrésistible. Or, ce qu'il a désiré, c'est ce que veulent tous les hommes : conquérir. Et qu'ensuite on leur pardonne, comme à des enfants qui viennent de faire une grosse bêtise. Mais la jeune Anglaise est décidée à ne pas se laisser faire. Elle réclame vengeance. Une vengeance sanglante. Définitive. Alors, sans réfléchir, elle a attrapé le landau dans lequel je dors paisiblement et voici qu'elle le trimballe d'un bout à l'autre du quartier, la nacelle à capote mobile est ballottée de droite à gauche quand elle décide de traverser le terrain vague. Le fragile équipage se dirige droit vers la voie de chemin de fer. Pas une âme à l'horizon. Personne ne verra la jeune fille au pair abandonner le landau sur les rails et s'enfuir. Quand la jeune Anglaise entendra dans son dos la soufflerie du train à l'approche, le sifflet de la locomotive, il sera trop tard pour faire marche arrière, il y aura alors deux options : regretter à jamais son crime, ou rire pour toujours de sa vengeance.

Il est possible de faire les deux, intervient Alle en se croyant malin.

Bien sûr, s'amuse Anaïs, le sort n'est jamais tout à fait jeté. D'autres filles ont assisté à la scène. Pas vraiment des filles comme il faut. Des fées, pour tout te dire. Celles du poème de Baudelaire qui se nomme « Le Don de plaire ». C'est plus fort qu'elles, dès qu'il y a un berceau ou un landau quelque part, elles s'approchent pour s'y pencher. C'est leur péché mignon, et il faut avouer, que pour des fées, c'est mignon comme péché. Donc, dans le poème de Baudelaire, les villageois viennent leur rendre visite et leur présentent à tour de rôle leur enfant. Les fées se concertent et attribuent à chaque poupon un don qui guidera son existence. Celui-ci sera agile de ses mains, il deviendra menuisier, celui-là aura la force physique d'un athlète ou d'un forgeron, cet autre pourra résoudre un calcul mental en moins d'une minute, ce qui lui permettra d'entrer à la banque. Un jour qu'elles étaient à court d'idée, les fées ont décidé d'en attribuer un directement sorti de leur imagination : « le don de plaire ». Ah, je t'assure, Alle, que les parents du bébé bénéficiaire n'étaient pas franchement ravis. La légère impression de s'être fait arnaquer. La mère du poupon a donné un coup de coude à son mari, qui a même osé balbutier devant les fées : « Hé, les fées, ça pue l'arnaque à plein nez, votre don ! Vous n'en auriez pas un autre ? » Les fées se sont regardées et sont parties d'un rire étincelant et duveteux, se moquant du pauvre bougre. « Comment ça ? Le don de plaire… mais c'est le meilleur, c'est le plus beau des dons qu'on puisse attribuer à un enfant ! » Tu m'écoutes ou quoi, Alle ?

Alle joue en silence avec une pochette de cigarettes, la même que l'autre soir à Louveciennes, marqué à l'adresse du New York Delicatessen. Il contemple Anaïs et pense : Je partirais bien avec elle à New York. Nous formerions là-bas un couple très en vue. Sa beauté catalane et mon maintien slave. Je serais sans doute davantage estimé par mes pairs que dans ce bled foutu qu'est la France. On m'ouvrirait les portes de l'université. Il y aurait un campus à la pelouse éternellement verte, dont les allées auraient la bonne odeur de gazon coupé, et des étudiantes intéressantes, je veux dire, délurées et intéressantes, viendraient me demander si c'est bien Sigmund Freud qui dit que l'homme moderne est celui qui parvient à transformer en réalité les fantaisies du désir. Elles voudraient savoir si Sigmund est sexy dans la vraie vie, et s'il est plutôt receveur ou lanceur. Par bonheur, Anaïs n'aurait même plus le temps d'écrire, tout occupée au bien-être de notre foyer, nous pourrions même avoir un enfant...

Alle, tu écoutes ce que je raconte, ou tu rêvasses ?

Un enfant, répète-t-il dans un sursaut, un enfant !

Oui, c'est ça, je reprends. Un enfant ! disent les fées. C'est le plus beau des dons qu'on puisse attribuer à un enfant. Mais pendant que les fées papotent entre elles, quelque part ailleurs, il y a bien un bébé dans un landau en travers d'une voie de chemin de fer. Si, si, je vous assure, les filles ! Vite, il est pour nous ! Et tout à coup, un essaim de minois féériques se penche sur ma poussette au moment où je commence à me rendre compte qu'il y a quelque chose de pourri au royaume des nounous. Bref, si excitées à l'idée de m'attribuer un don, les fées ne voient même pas le danger à laisser le landau sur les rails. Oh, c'est une fille, dit une des fées, qu'elle est ravissante ! Elle est tellement ravissante, constate une autre, qu'on ne peut pas lui donner le don de plaire, elle l'a déjà ! Ah zut ! fait une troisième, j'avais adoré la fois où on avait donné le don de plaire, un poète célèbre en avait fait tout un foin. Alors qu'est-ce qu'on fait pour le don ? Peut-être..., dit une fée qui se tient un peu en retrait, peut-être qu'on pourrait lui donner le don de n'avoir aucun don. Waouh ! font toutes les autres fées. Mais à quoi ça va servir ? En fait, ce que je voulais dire, explique la fée, aucun don pour la vie matérielle, ni celui d'être raisonnable, ni celui d'aimer la compétition, ni celui de faire du commerce… Comme ça, elle pourra devenir artiste ! C'est intéressant, dit l'une des fées, mais justement, pour une artiste, c'est quand même mieux d'avoir un don au départ, non ? Hé, les filles, vous n'entendez pas un truc qui siffle ? L'une d'entre vous n'aurait-elle pas laissé une bouilloire sur un nuage ? Euh… Je crois que c'est une locomotive. Oui, effectivement, dit une autre fée, je distingue un train là-bas qui arrive droit sur nous. Qu'est-ce qu'on va faire ? Il est vrai que les fées, elles non plus, ne sont pas très douées pour les choses matérielles. S'il y a un cadre à accrocher par exemple, et même dans le cas où le tableau ou l'affiche proposerait un paysage féerique, il est inutile d'appeler une fée pour aider à évaluer la bonne distance sur le mur, ou bien même pour tenir le clou, elle ne saura pas comment s'y prendre. Hé, mais j'y pense, s'exclame une des fées alors que la locomotive s'approche à grande vitesse, le garde-barrière qui habite la petite bicoque à côté, vous vous rappelez le don qu'on lui a attribué quand ses parents nous l'ont apporté ? Ça remonte à longtemps… Ah, moi, je sais ! Le don de bien tenir l'alcool ? Non, ça, il l'a développé tout seul. Si ma mémoire est bonne, nous lui avons attribué le don de se porter au secours des autres. Oh oui, je m'en souviens ! C'est un don génial ! Pas très bien reconnu ni récompensé, mais très gratifiant pour la personne à laquelle il est attribué. Bon, peu importe… Nous voici tranquillisées ! Regardez-le, il accourt, il sera sur place juste avant la locomotive. Vite, filons ! Et le bébé ? On ne lui a pas attribué de don ? Oh, ne vous faites pas de bile, les filles, c'est une fille. Elle développera comme nous toutes une débrouillardise à toute épreuve. Dans le monde qui l'attend, elle n'aura pas d'autre choix.

Soudain, le garde-barrière apparaît et d'un geste précis écarte à temps le landau des voies pour me promettre tout l'avenir des possibles. Alors, Alle, elle n'était pas hyper chouette, mon histoire ?

Anaïs affiche un franc sourire dans l'attente de la réaction du psychanalyste. Elle ajoute pour conclure :

C'est tout ce que j'avais à te raconter aujourd'hui.

Alle se mordille l'ongle de l'index, adopte le sourire appliqué du joueur de guimbarde. Puis son visage se fait plus soupçonneux, il s'adresse à Anaïs sur un ton contrarié, aux accents plaintifs :

Au départ, j'avais la réelle impression de t'aider, de te faire progresser, de te libérer de toutes ces pensées qui t'oppressaient, les remords, les manques, les attentes… Mais, depuis plusieurs séances, j'ai l'impression que tu me racontes des histoires. Que tu ne me parles plus du tout sincèrement de toi…

Tu crois que je ne suis pas sincère ? s'étonne Anaïs. Mais je suis hyper sincère. Une jeune Anglaise m'a réellement abandonnée sur des rails de chemin de fer, j'ai bien failli me faire aplatir comme une crêpe.

Alle réfléchit. Après un long silence, il dit :

Elle voulait se venger sur toi de ce que lui a fait ton père. De l'avoir séduite puis abandonnée.

Oui. C'est comme ça que je l'interprète aussi.

Et toi, dans tous ces hommes dont tu t'amouraches, ne cherches-tu pas également à te venger de ton père ? Ou, de manière encore plus perverse, à l'imiter ?

Anaïs soupire. Elle a déjà dû subir cette réflexion une bonne trentaine de fois.

Tu finis toujours par me parler sur le ton du reproche. Tu dis que je m'amourache du premier venu, mais c'est complètement faux. Le premier venu me laisse totalement indifférente. Je ne cherche pas à conquérir, comme mon père, ou à posséder. Je ne cherche pas à faire catalogue. Tu m'as prise pour La Redoute ou quoi ? Je vais juste là où le désir me mène. J'ai ce courage. As-tu lu l'article d'Antonin sur la poésie de Roger Gilbert-Lecomte ? Il dit un truc très beau, il parle de la circulation mystérieuse du vent dans les poèmes. Eh bien, moi, je n'en finis pas de suivre la circulation mystérieuse de l'amour dans la vie.

Alle hésite entre l'agacement et la résignation. Il jette un œil discret à sa montre.

Bon, écoute, j'ai un autre rendez-vous après toi. Un ami, croit-il obligé de se justifier.

Tu fais ce que tu veux, Alle. Tu es libre, dit-elle d'un ton qu'il prend comme une gifle.

Il s'approche aussitôt d'elle.

Je ne suis pas libre, je suis enchaîné à toi, tu le sais bien.

Elle le regarde avec bizarrerie. Il a prononcé ce mot « enchaîné » en y mettant une violence qui se veut virile, un brin pathétique, en tout cas, à côté de l'effet escompté. Il insiste :

On peut se voir ce soir après dîner ? On pourrait aller au cinéma, à un concert ? Ou directement à l'hôtel ?

Non, dit-elle en se levant d'un bond avec une moue coquette, c'est impossible ce soir. Hugo rentre de Prague, alors je dois être à Louveciennes pour l'accueillir.

Très bien, fait-il avec froideur, au comble de la déception.

Il la raccompagne sans un mot, pose un bras sur la porte, tente de lui voler un baiser dans l'embrasure, mais elle s'esquive à temps.

Elle se retrouve dans le couloir, cavale dans l'escalier en sifflotant cet air de jazz qu'elle affectionne, « Sweet and Lovely », manque de rentrer dans quelqu'un sur le palier du premier.

Antonin !

Anaïs !

Elle lui jette un regard lumineux.

Je suis heureuse que vous n'ayez pas été jeté en prison !

Il est surpris par sa remarque. S'en rendant compte, elle précise aussitôt :

À cause du gamin que vous avez frappé, cimetière du Père-Lachaise, et des parents qui sont allés voir les gendarmes…

Il la dévisage avec intérêt. Elle demande :

Vous allez peut-être en parler à Alle ?

Non, je viens le voir pour autre chose. Et puis j'ai pris l'habitude de dîner avec sa femme et lui tous les mercredis soir.

Elle ne commente pas l'information, se souvient soudain :

Au fait, vous n'avez pas quelque chose à me faire lire ?

Il pense aux brouillons de la lettre d'amour qui débordent de sa poche. « Je veux de vous des étreintes violentes, je veux entrer en vous. » Il rougit terriblement. S'accroche à la rampe pour ne pas s'écrouler.

Qu'est-ce qui vous arrive ? s'inquiète-t-elle.

Ce n'est rien. Je suis sujet à des migraines atroces.

Elle l'observe. Sa beauté est si fiévreuse qu'elle pourrait la trouver repoussante si elle s'y attardait trop. Elle n'arrive jamais à démêler ce qui va l'emporter entre l'attirance et la répulsion à son égard. Elle fournit un effort pour dépasser les sentiments contradictoires qui l'animent.

Votre roman sur l'empereur. Vous deviez me faire lire des passages. En tout cas, quand vous m'en avez parlé, ça avait l'air urgent...

Oui, soupire-t-il. J'étais à la bibliothèque toute la journée pour y travailler. Un roman, contrairement à une histoire entre deux personnes, je n'arrive jamais à savoir quand c'est fini.

Vous avez bien de la chance, dit-elle. Je veux dire, pour l'histoire entre deux personnes.

Pourquoi ne m'avez-vous pas donné de nouvelles ? demande-t-il. Depuis votre baiser.

Un baiser, répète-t-elle en l'imitant, je n'arrive jamais à savoir quand c'est fini.

Elle ajoute :

Est-ce que j'ai pensé à vous ? Oui. Terriblement. Mais j'ai été fort occupée aussi. Hugo est rentré de Prague.

Pris au dépourvu par cette information, il répond :

Je croyais qu'il était encore en voyage d'affaires.

Non, non, il est rentré il y a cinq jours, affirme-t-elle avec aplomb.

Hugo ou un autre..., conclut-il avec dépit.

Il s'écarte pour passer, la frôlant légèrement. Elle suit des yeux sa silhouette fuyante, se penche par-delà la rampe dans l'espace hélicoïdale et demande :

Mais qu'est-ce que vous voulez de plus, Antonin ?

Il se fige, se retourne, descend une volée de marches, se fige à nouveau, la regarde.

Je ne sais pas, Anaïs. Je voudrais...

Dans la poche de son manteau les mots hurlent : « Je veux de vous des étreintes violentes, je veux entrer en vous. »

Il porte la main à sa poche. Sursaute vivement en entendant son prénom claquer dans la cage d'escalier :

Antonin ! Antonin !

La voix provient des hauteurs. Dieu qui l'appelle à lui ? Non, pas tout de suite. Il reconnaît la voix impatiente et autoritaire d'Alle.

Antonin, c'est toi ? Monte ! La porte est ouverte.

Anaïs et Antonin échangent le regard pur et complice de deux enfants qui viennent de se faire surprendre. Antonin repense à la série d'esquisses qu'il a vue dans l'atelier de Balthus. Catherine et Heathcliff. *Les Hauts de Hurlevent*, partout, en plein Paris. Avant de grimper dans les étages, il lui dit :

Sincèrement, je ne sais pas comment vous faites. De mon côté, je souffre de toutes ces vies que je pourrais avoir, qui sont là, belles à prendre comme des fruits dans un jardin, et que je visite en rêve ou sur la pointe des pieds. Ça me rend malade. Je ne sais pas comment vous vous arrangez. Je veux dire, réellement, je ne sais pas comment vous faites.

Il lui tourne le dos et monte deux à deux les marches restantes pour atteindre les appartements d'Alle. Quand il pénètre dans le cabinet feutré, il est encore très tourmenté par sa rencontre avec Anaïs, le cœur qui fait des bonds, le souffle court. Se rend à peine compte de l'accueil glacial qui lui est réservé. Il s'installe sur la méridienne, soupire à grandes enjambées. Il va pour dire quelque chose, mais Alle le coupe dans son élan, d'un ton furieux, hors de toute proportion :

Dis-moi que ce n'est pas toi qui fais lire Baudelaire à Anaïs ?

6.
La descente de police (quinze jours ont passé)

Chaque jour, par le courrier du matin, lui parviennent une douzaine de lettres de dénonciation. Certaines lardées de fautes d'orthographe, de syntaxe, d'autres dont l'écriture est soignée, la grammaire propre, pleines de courses-poursuites et de rebondissements pour le plus-que-parfait et l'imparfait du subjonctif. Le commissaire de police Priolet s'étonne toujours de l'appétit du quidam pour se lancer dans la rédaction de telles lettres, anonymes, cela est inhérent au genre, mais quand même ! Dans le monde moderne où le téléphone existe, un comble ! Une passion française, sans doute. L'expérience de la littérature à la portée de tous. À moins que le dénonciateur ne s'effraie de sa propre voix, comme de celle d'un fantôme.

En dépit de l'accoutumance et bien qu'il y soit obligé, Priolet répugne toujours à les lire : c'est comme si le type au coin de la rue lui donnait ses ordres de mission. D'autant qu'il ne faut jamais minorer la perversité des êtres humains. Une fois, il a même arrêté dans une descente de police un contrevenant qui s'est avéré être le dénonciateur ; par goût du frisson ou par pur masochisme, de la même façon qu'il existe des pompiers volontaires coupables d'incendie.

La dinguerie des gens, Priolet ne s'y arrête plus. Il se contente de mener à bien ses missions, puis de taper ses rapports au directeur de la police judiciaire. Parfois, il lui arrive de biffer un nom, quand sont pris tous ensemble un ouvrier du bâtiment, un livreur de blocs de glace, un chasseur de chez Maxim's, un fils de ministre et un sénateur. Allez, Mangin, on va biffer le nom de l'ouvrier du bâtiment. Mais non, voyons, je plaisante, faites disparaître le sénateur et le ministre junior du rapport, et que ça saute !

Le sourire absent de Mangin, justement, face à lui dans le fourgon, le tire de ces considérations. C'est l'heure des braves, les gars ! Il ouvre de l'intérieur la portière à double battant du véhicule, et les quatre flics sortent comme un seul homme. Le moteur tourne, le chauffeur garde le pied à quelques millimètres de la pédale, prêt à démarrer une fois le panier à salade garni. Un coup d'œil en hauteur pour vérifier le numéro du bâtiment, et voilà que Priolet, Mangin et la petite flicaille du soir se lancent à l'assaut des étages. Au moins, on fait de l'exercice ! Les descentes dans les montées, ça maintient. Faites place ! tonne-t-il en bousculant au passage une femme de ménage qui porte entre ses bras des draps tachés de sang. Escalier spacieux, avec tapis jusqu'au deuxième. Établissement de luxe, ce qu'on pouvait soupçonner de l'extérieur à l'examen de la façade massive en pierre de taille, le genre d'immeuble qu'on trouve généralement dans le quartier de l'Alma. Maison de tolérance pour les gens de la haute. Ça part mal, cette histoire, ce serait vraiment grotesque de déclencher une procédure pour n'avoir que des noms à biffer. Une nuit de stupre à l'usage de spectres.

Silence dans les rangs. À l'éclat d'un lustre suspendu dans les hauteurs, les motifs floraux de la rampe en fer forgé se répercutent sur les murs, servant de camouflage aux forces de l'ordre qui progressent dans les étages.

C'est au troize ! prévient Mangin. Direction les bas-fonds du troisième.

*

La chambre est sombre, mal éclairée, une seule lampe voilée de rouge au chevet du lit. Quelqu'un s'est plaint qu'on n'y voyait goutte. Parmi la petite dizaine de personnes réunies dans l'obscurité, aucune n'a bronché ou résolu le problème pour autant. Antonin s'est laissé convaincre par un rabatteur, a suivi un petit groupe dont il n'a vu que les dos, comme lorsqu'on entre à la dernière minute dans une attraction de fête foraine. Il a grimpé dans l'escalier à leur suite, s'est retrouvé dans la chambre.

Sur le lit, dans une atmosphère étouffante et feutrée, trois filles se présentent aux visiteurs. Elles sont entièrement nues, à l'exception de leur visage, masqué d'un loup en soie bleue. Une rousse à la peau pâle, aux cuisses et aux bras constellés de taches de rousseur, dont les gestes sont élégants et précis, pleins d'ardeur ; une blonde d'une vingtaine d'années, très expressive et qui ne peut s'empêcher de glousser, ses petits rires d'excitation sont aussi rafraîchissants que des glaçons dans le cou des deux autres ; enfin une brune au corps menu, qui joue les effarouchées, plus timide et plus fragile que ses comparses – sans doute pour la comédie, l'excitation. Tous les soirs, elle vit sa première expérience saphique. La blonde et la rousse l'initient, viennent vite à bout de ses réticences feintes, la violentent de douceurs. L'apprentie se tient droite sur les genoux, le buste dressé, et bien que le galbe de ses seins soit moins prononcé que celui de ses comparses, elle les pointe en avant, les offre à leurs langues empressées et câlines, chacune des filles s'ingéniant à lécher ses tétons pour leur donner la forme d'une petite protubérance caoutchouteuse, purpurine, framboise agréable à mordiller. Parfois, la jeune femme blonde délaisse le mamelon pour venir donner un coup de langue dans le cou de sa victime, écarte une mèche de cheveux afin de lui suçoter le lobe de l'oreille, ce qui met la brune timorée dans tous ses états. Alors, les deux assaillantes font asseoir la femme brune sur des coussins à fronces, écartent ses jambes avec rudesse, lui permettent à elle aussi d'engloutir et de téter les beaux seins de chacune d'elles, ce dont la novice supposée se repaît avec fougue, comme si, durant tout ce temps, elle en avait crevé d'envie, et après s'être enivrée à cet acte, elle s'abandonne encore à la jeune femme blonde qui se cambre en offrant son cul au public, et plonge tête la première en direction de la vulve brune, tandis que la femme rousse vient frotter sa main experte sur l'entrejambe des spectateurs les plus proches du lit. Ces derniers se laissent manipuler, muets, saisis par l'émotion. Elle revient ensuite aux deux autres et, dans un geste élégant et autoritaire, elle arrache le masque en velours du visage de la fille qui se fait lécher, sucer, manger, pile au moment où elle s'apprête à jouir. La véritable nudité vient de trouver son issue. Le visage absorbé de rougeurs produit une lumière insensée. Des râles font surface dans le public et puis…

Ouvrez ! Police ! ordonne Mangin.

Qu'est-ce que c'est que cette façon de faire ?! s'indigne le commissaire Priolet. Il en faudrait moins pour que certains aient le temps de se carapater par le balcon. On entre d'abord et on s'annonce ensuite ! C'est le b.a.-ba de la descente de police : l'effet de surprise.

Priolet s'écarte pour faire passer la Baraque, le flic le plus costaud du commissariat. La Baraque ne se fait pas prier, sans vraiment prendre d'élan, il envoie un grand coup d'épaule dans la porte. La dizaine de personnes qui occupent la petite pièce ont l'air à peine étonnées, un peu contrariées d'être dérangées dans une émotion véritable, la première de leur longue journée de labeur pour la plupart, une émotion réelle et palpitante. Les filles s'affolent avec lassitude, se disputent les draps pour couvrir leur nudité, de manière très professionnelle, comme si cela faisait partie intégrante du numéro.

Allez, embarquez-moi tout ça ! On fera les vérifications d'identité au poste !

*

Antonin s'est fait pincer comme un bleu. Il suit maintenant le mouvement, dans le sens inverse, bousculade encadrée dans les étages. Matraques tendues, braquemards de substitution. Le commissaire a une bonne tête de ressemblance avec André Breton, le sergent-chef du surréalisme. Pas étonnant. Si la situation n'était pas si stressante, Antonin s'en amuserait presque.

L'intérieur du fourgon sent vaguement la sueur et le moisi. Le genre d'humidité parfaite pour faire pousser des champignons hallucinogènes, torves et charnus, bien comme il faut, même si ce n'est certainement pas le lieu idéal, un panier à salade, pour ce genre de business. Il y a deux bancs en métal sans accoudoirs, sur lesquels les individus qui ont été arrêtés en même temps qu'Antonin s'assoient les uns à la suite des autres, un flic à chaque extrémité. Le type à côté duquel il se cale lui jette un court regard de circonstance ; des yeux bleu délavé, couleur de poisson mort. Les mines sont toutes renfrognées, celles de garnements pris sur le fait, les visages mangés par les chapeaux, dissimulés par le col des trench-coats, personne n'a trop l'envie ou l'idée de faire la conversation. Maintenant que les rappels à l'ordre des gendarmes se sont tus, le silence est encore peuplé de l'écho de ce vacarme. Plus personne ne pense aux filles étendues sur le lit. Comme partout ailleurs, la violence chasse le plaisir. La beauté ne sauve pas le monde. Antonin sonde la poche de sa redingote pour voir si sa casquette des New York Yankees s'y trouve. Par bonheur, oui. Il s'en coiffe aussitôt. Les yeux au plafond de sa casquette, collés à la visière, il scrute la rangée en face de la sienne. Ses yeux se ferment à demi. Un mal de tête rôde tel un bandit. Tout à coup, il se sent observé. Une silhouette dans la rangée d'en face, à trois personnes de lui en oblique. Au moment où il plante ses yeux dans ce regard inquisiteur, il est accueilli par un sonore et formidable :

Antonin !

Il en blêmit.

Je me disais aussi : Qui peut se faire embarquer dans un camion de police avec une casquette des New York Yankees sur la tête ?!

Il se passe une main sur les yeux, pour être certain qu'il n'est pas en train de rêver. Non, c'est bien elle, Anaïs.

Elle se lève d'un trait, sa silhouette menue vacille en arrière, chancelle dans le brinquebalement du fourgon. Elle réussit à conserver suffisamment d'équilibre pour venir s'installer à côté de lui en poussant sans vergogne son voisin, qui se met à baragouiner des insultes, mais obtempère, se tassant davantage encore contre le flic posté à l'extrémité de la rangée.

Anaïs est surexcitée.

Vous étiez là-haut ? Dans la chambre ? Parmi les spectateurs ? Pas possible !

Oui, mais parlez plus bas, chuchote-t-il avec prudence malgré le soulagement de rencontrer un visage aimable en si inconvenante posture. Pour une fois que je suis du côté des spectateurs, on me demande de quitter la salle…

Il ajoute aussitôt :

Mais ne vous méprenez pas, je venais pour des recherches sur mon livre. L'empereur Héliogabale adorait ce genre de plaisirs. J'étais là pour travailler d'après nature, comme un peintre, si vous préférez.

Anaïs sourit.

Vous n'avez pas à vous justifier avec moi. En même temps, je vous comprends, c'est moins rasoir que de passer ses journées à la bibliothèque.

Et vous ? demande-t-il.

Oh, concernant ma présence, vous pouvez en tirer les conclusions qu'il vous plaira !

Antonin garde le silence.

C'était bien, n'est-ce pas ?

Euh, oui, répond-il d'un air gêné.

Elle dit avec malice :

Je me demande ce qu'Héliog*l*abale en aurait pensé.

Gabale ! Héliogabale !

Après un coup de frein suivi d'un virage un peu serré où leurs corps se renversent l'un sur l'autre, il demande sur le ton de celui qui cherche à être rassuré :

Qu'est-ce qu'il va se passer maintenant, pour nous ?

Ils vont nous mettre les mains dans un morceau de bois, avec un gros trou pour la tête aussi, écrire sur ce panneau que nous sommes des vicieux et nous obliger à marcher dans cet accoutrement de République à Opéra.

Ah ?

Mais non, je vous taquine. D'autant qu'à Paris, de République à Opéra, on risque de passer inaperçus. Je pense qu'ils vont se contenter de relever nos identités, dresser un procès-verbal… Vous n'aviez pas le sexe sorti au moins ?

Il écarquille de grands yeux incrédules.

La zigounette hors du pantalon ? Le braquemard à l'air ?

Euh, non, fait-il avec une gêne terrible.

Alors tout va bien ! Vous ne serez pas condamné pour outrage à la pudeur.

Ah…

Vous serez simplement cité en tant que témoin et écoperez d'une petite leçon de morale. Ils tenteront de vous apprendre la vertu comme on apprend à un enfant à faire ses lacets. Vous savez au moins faire vos lacets ?

Euh, oui…, fait Antonin en regardant ses chaussures.

Anaïs conclut dans un sourire :

Alors, vous n'avez pas à vous en faire…

Après un nouveau silence, il demande :

Et vous ne craignez pas que votre mari l'apprenne ?

Hugo ? Oh non, pas le moins du monde. Hugo vient parfois avec moi dans ce genre d'établissements. En fait, c'est même la première fois que je m'y rends seule. Il faut une première à tout. Et puis, je n'étais pas vraiment seule, puisque vous étiez là, mais ça, bien sûr, sur le moment, je ne pouvais pas le savoir.

Antonin acquiesce d'un hochement de tête. À un croisement, les phares d'une automobile strient de lumière le fourgon tout entier, certains des passagers enfoncent encore d'un degré leur visage dans leur manteau. Une paire d'yeux fatigués, une autre inquiète, injectée de sang, scintillent dans l'obscurité. Anaïs est d'humeur bavarde, un peu comme si elle trouvait du réconfort à se sentir en sécurité dans le danger.

C'est la première fois aussi que je me fais pincer. On a failli une fois, avec Hugo, ça s'est joué à un cheveu. Par chance, la chambre avait deux portes, on a eu le temps de se carapater par la deuxième et de cavaler dans l'escalier. Un des flics nous a couru après, mais, heureusement pour nous, il est passé au travers d'une marche et sa jambe est restée coincée. Avec toutes les allées-venues des filles et de leurs clients, les marches des escaliers sont en piteux état dans Paris. C'est d'ailleurs à ça qu'on peut savoir avec certitude si un immeuble abrite une maison de tolérance ou pas : l'état de l'escalier, l'usure des marches.

Vous feriez une bonne détective, dit Antonin, impressionné par l'explication. Et ensuite, vous êtes rentrés sagement à Louveciennes ?

Nous sommes rentrés, oui. Mais pas du tout sagement. Pourquoi sagement ?

Antonin souffle par le nez. Anaïs sourit, pose sa main sur son bras.

Je trouve ça épatant pour notre... combien déjà... votre histoire de neuf vies du chat, c'est notre combientième rencontre ?

Il compte sur ses doigts :

Un, Louveciennes. Deux, l'orchestre de jazz. Trois...

Elle vient à son aide :

Le dîner rasoir chez l'éditeur rasoir...

C'est ça, notre conversation dans le train de nuit... Quatre, le baiser que nous avons échangé à la Coupole.

Nous n'avons rien échangé du tout, l'interrompt Anaïs. Ce baiser, je vous l'ai donné. Et cette même fois, dans la foulée de ce baiser, le tableau que vous m'avez fait découvrir au Louvre.

Et la cinquième, rue de Luynes, en coup de vent dans l'escalier chez votre psychanalyste, et six...

Au moment où il va en venir à leur rencontre présente, le véhicule est secoué de fond en comble, un choc inouï, puissant, pareil à un pétard lancé dans une cabane de tôle. Le fourgon vient d'être percuté par une automobile. La sensation pour Anaïs d'avoir été emportée dans une tornade sèche et métallique. Elle s'est cramponnée par réflexe au bras d'Antonin. Les deux rangées ont valdingué, amorties heureusement par le policier qu'on surnomme la Baraque et qui en a pris pour son grade. Un autre flic a eu encore moins de chance, sa tête a heurté une poignée en métal, un filet de sang dégouline sous son képi. La bonne moitié des passagers de la rangée d'en face est sonnée. Les portes du fourgon s'agitent dans le vide en battants de saloon, l'une d'elles quasiment coupée en deux dans sa largeur.

Une lumière aveuglante inonde à présent l'intérieur de l'habitacle, le frappe tel un uppercut, puis le boxeur entre en scène, planté entre les phares de l'automobile et le fourgon bon pour la casse. Une silhouette d'homme, de taille moyenne, armé d'une mitraillette Thompson. Il pose un pied sur la plateforme, détaille les passagers, l'un deux arrive à sa rencontre en titubant, saute sur ses pieds à l'extérieur et suit son complice jusqu'à la voiture, dont les phares continuent à incendier le fourgon avec la puissance de projecteurs de cinéma. Antonin se relève, place un bras devant ses yeux pour se protéger de la lumière aveuglante, mais son geste est contrarié par Anaïs, qui lui attrape le bras et l'entraîne, l'exhortant à sauter à son tour du véhicule.

Allez, ouste ! Pas une seconde à perdre.

La voiture des malfaiteurs a démarré en trombe. Des sirènes de police se font entendre. Anaïs et Antonin courent maintenant à perdre haleine dans les rues qui défilent sous leurs pas. Elle tient son imperméable en vinyle sous le bras. Dans l'action, une bretelle de sa robe a cédé à l'épaule. Elle traverse la ville avec une épaule nue. Les joues humides d'excitation, son visage rayonne, sa gaieté est chaussée de bottes de sept lieues. Elle connaît et maîtrise parfaitement le territoire, le tissu de ces ruelles qui servent de raccourcis, d'échappatoires, et dans lesquelles ils peuvent s'engouffrer puis réapparaître tout neufs sur un boulevard animé, se mêler à la vie nocturne et foisonnante comme si de rien n'était, comme s'ils sortaient à l'instant d'une séance au Grand Rex.

C'était quoi, ça ? demande Antonin en s'adossant au piquet d'un lampadaire pour reprendre son souffle.

Une attaque de diligence ! réplique Anaïs. Non, sérieusement, peut-être qu'il y avait dans notre groupe un gros bonnet de la drogue, ou une personnalité du grand banditisme dont le complice n'avait pas la moindre envie ni le plus petit intérêt à participer à un relevé d'identité. Allez, ne traînons pas, suivez-moi !

Ils se mettent à courir à nouveau le long des boulevards, Jane et Tarzan des réverbères, Jane à l'épaule nue. Anaïs prend de l'avance, se retourne vers lui en le défiant du regard, sa joie est contagieuse, une joie qui contamine le quartier, une joie qui réchauffe le cœur sombre d'Antonin. La nuit est douce aux fugitifs. C'est une des premières nuits de printemps, le ciel en est à sa troisième infusion, la lune pavée d'étoiles.

Venez, coupons par là.

Ils descendent à toutes jambes vers la place des Victoires. Prennent la rue des Petits-Champs, atteignent les jardins du Palais-Royal, où ils sautillent pour éviter une flaque, enjambent un cimetière de bâtons de sucettes. Leurs pas résonnent dans les coursives. Antonin s'arrête à nouveau, cette fois plié en deux, les deux mains sur les genoux. Il se redresse et, à court de souffle, lui dit :

Il faut que je vous avoue quelque chose !

Elle tend son menton en avant, avide de savoir.

Vincennes !

Quoi, Vincennes ? demande-t-elle.

Le bois de Vincennes. C'est là que j'ai découvert la danse balinaise. À l'Exposition coloniale. Je n'ai jamais mis un seul pied à Bali.

Caramba ! s'exclame-t-elle en frappant du poing dans la paume ouverte de son autre main. J'en étais sûre !

Son rire ricoche dans les coursives.

Ils progressent maintenant sous les arcades de la rue de Rivoli. À leur gauche, la rue est déserte, vaste et fantomatique, le long des bâtiments du Louvre qui en imposent par leur stature sinistre. Tout à coup, Antonin est pris en traître par une pensée subite. Un croche-patte déloyal, un coup de poignard inattendu. Si Anaïs cavale autant, estime-t-il, ce n'est pas pour échapper, mais pour rentrer, elle se dirige droit vers Saint-Lazare. Pauvre fou d'avoir cru qu'elle voulait s'enfuir avec moi, elle court vers quelqu'un d'autre. Tous les toits de Paris, couleur fard à paupières, lui dégringolent dessus.

Il dit, sur un ton désenchanté :

Je crois que vous ne serez jamais à l'heure pour le dernier train.

Il ralentit considérablement le pas, la force à en faire autant. Pour qu'il n'y ait plus aucun espoir d'attraper ce fichu train. Il lève la tête en direction des balcons en zinc, puis regarde à ses pieds le nom de l'hôtel inscrit dans la mosaïque : le Brighton.

Ils échangent un bref regard, dans lequel jaillit la possibilité qu'ils pourraient prendre une chambre, passer la nuit ensemble.

Ici, l'issue.

C'est drôle, parce que faire l'amour avec lui, Anaïs en a encore rêvé, une nuit de la semaine dernière. Son corps tendu, habité, l'enveloppant totalement ; son sexe long et fin, à l'image de ses mains, soudain gonflé de désir, et son visage intense, qui a la beauté expressive de ceux que le cinéma parlant a probablement fanés pour toujours. Elle a rêvé qu'il la possédait avec ses mains, puis avec son sexe. Elle est sortie de ce rêve toute mouillée, le souffle court. Mais disons qu'elle ne l'a pas tant appelé de ses vœux que la chose s'est produite d'elle-même, dans son rêve, et maintenant c'est comme si elle avait déjà eu lieu. Elle ne sait pas, elle hésite, pense que la nuit a déjà été bien chargée en péripéties. Elle pense à Henry, à ses autres amants. Henry au-dessus de la pile.

Ne m'en veuillez pas, Antonin, je vais remonter vers Clichy.

Il demande, sans plus d'espoir :

Chez l'Américain ?

Oui.

À l'improviste ? Comme ça ?

Henry est un grand amateur de jazz. Il garde toujours une place pour moi dans ses improvisations.

Il a envie de lui répondre, de lui jeter au visage : Bien sûr, c'est tellement pratique. Sa femme aux États-Unis, et votre mari en voyage d'affaires dans toute l'Europe. Ça peut bien jazzer ! Mais il n'en fait rien. Il est las de ces constats bourgeois qui ne mènent nulle part, de cette morale à la portée de tout le monde, à laquelle il répugne à souscrire. Il dit :

J'imagine très bien, Anaïs. C'est la même chose pour moi, dès que vous apparaissez. Comme ce soir dans cet affreux panier à salade.

Elle scrute son regard. Voudrait être tendre. Adorable et dévouée. Disponible sans remous. Elle devrait s'offrir à lui : c'est ce qu'elle aime, s'offrir aux êtres qui lui plaisent et qui, en retour, la désirent. Elle aime toucher du doigt le diamant pur du désir. Combler la tristesse liée à la brieveté du désir en donnant son ardeur et sa beauté. Or, avec Antonin, quelque chose encore la retient. Trop de ténèbres. Les yeux qui parfois prennent des expressions de dément. La souffrance aiguisée comme un silex. Les lèvres noires de laudanum. L'addiction à l'opium, les sautes d'humeur. La violence et la douceur, si imprévisibles qu'on se demande toujours si elles sont irrésistibles ou feintes, prêtes à sortir tel un couteau à cran d'arrêt. Et surtout, le lien que ce sera par la suite. Elle pressent que ça sera infernal, après. Que sa souffrance n'en sera pas calmée mais démultipliée. Elle pressent qu'Antonin cherche un amour dans lequel renaître de ses cendres. Un amour où se réinventer. Tout le monde cherche ça. La douceur de se réinventer dans un nouvel amour. Repartir à neuf, pour soi, en faisant un trait sur tout ce qui a piétiné jusqu'ici.

Elle devine aussi qu'Antonin pense que les hommes tels Henry, Hugo, Alle, les autres hommes, la font jouir merveilleusement. Qu'il se sentira dans l'obligation d'une performance et que, s'il n'y parvient pas, il sera malheureux. Plus malheureux encore que s'ils ne le font pas. Tandis qu'Henry s'en fout. Henry, les fois où il n'est pas en forme, il n'en fait pas toute une montagne, il s'endort, roupille sans remords, se désolidarise du truc qu'il a entre les jambes, le traite de tous les noms, ne lui parle plus pendant une poignée d'heures, sans jamais s'apitoyer sur son sort. Et le lendemain, il bande de plus belle, il bande jusqu'aux étoiles.

À quoi pensez-vous ?

Elle a continué à marcher. L'hôtel Brighton est derrière eux, maintenant. Comme si la distance de la Manche entre la ville de Brighton et la rue de Rivoli était là, infranchissable. La Manche et sa mélancolie. Et la possibilité de faire radeau dans la nuit, leurs deux corps enchevêtrés, n'est plus.

À ce que vous disiez l'autre jour, dans l'escalier chez Alle. Toutes ces vies que l'on pourrait avoir…, répond-elle. À cette façon de nous résigner joyeusement au sort d'une seule et unique existence. Nous sommes finalement des ânes, secouant la tête à droite et à gauche, mais engagés à l'ornière d'un unique chemin.

Quitte à être un âne, dit Antonin, laissez-moi au moins vous accompagner jusqu'à Clichy. Ça grimpe pour y accéder.

Ils dépassent Saint-Lazare, la masse sombre de la gare qui se découpe, massive, dans la nuit. Remontent la rue d'Amsterdam dans un silence à peine perturbé par le passage d'un triporteur en provenance du rond-point des Champs-Élysées, chargé à ras bord de liasses des journaux du matin.

Antonin demande :

Vous viendrez assister à ma conférence la semaine prochaine ?

Une conférence ? Oui, chic, c'est sur quoi ?

Le théâtre et la peste. Ce sera beau, envoûtant, surréel.

Ah. Les surréalistes seront là ?

Hum. S'ils viennent ce sera pour faire du grabuge. Vous savez ce qu'ils ont fait ? Ils ont téléphoné à la mère de Cocteau pour leur faire croire que leur fils était mort. Moi, pour tout un tas de raisons, je me suis désolidarisé de leur groupe, et quand ils ont voulu me récupérer j'ai eu l'impression de passer un entretien d'embauche. C'est ça, la poésie ? On vous dira qu'ils m'ont mis à la porte, ça dépend de qui vous raconte l'histoire. Disons que nous avons eu plusieurs points de friction.

Anaïs se met à rire.

Pourquoi riez-vous ?

À cause de ce mot : FRICTION. Je vous ai imaginés à l'instant vous passer dans le dos les uns des autres une éponge revêche et couverte de mousse.

C'est plutôt la pommade qu'ils aiment se passer entre eux. Seulement, pour ma part et pour mon dos, je ne suis adepte ni de la pommade, ni de la flagellation. Si vous saviez toutes ces personnes qui aiment les honneurs, qui les recherchent, toute cette mièvrerie généralisée, dégoulinante, et ils se croient propres par-dessus le marché, moi je trouve ça proprement dégueulasse !

Anaïs l'écoute, en l'observant de profil. Elle est une nouvelle fois frappée par sa beauté sombre, sa pureté, son élégance.

Elle vous va à ravir, cette redingote, dit-elle. C'est la même que vous portiez la première fois que l'on s'est rencontrés ?

Oui. Je l'ai depuis le mariage de ma sœur.

Le mariage de votre sœur ? s'étonne-t-elle. Vous voyez que vous croyez aux institutions !

Le mariage est un sacrement. Eh oui, je crois au mariage, mais surtout pour les autres. Ils ont l'impression que c'est une promotion qu'on leur accorde après tous les râteaux pris dans leur adolescence.

Elle s'exclame :

Eh bien, je paierais cher pour voir la tête que vous faisiez à ce mariage, il y a des photos ?

Je n'aime pas les photos. Je ne comprends pas pourquoi les gens ont la manie de prendre ou de se faire prendre en photo. Moi, je les redoute à cause des envoûtements. Voyez-vous, n'importe qui en regardant une photo de vous peut vous envoûter ou dérober votre âme. Les gens qui passent leur temps à afficher partout des photos d'eux n'ont plus d'âme depuis fort longtemps.

Elle soupire.

Parfois, on dirait que vous êtes un sauvage !

Peut-être. Si vous voulez. En tout cas, j'ai toujours mon âme.

Ils arrivent aux abords de la place de Clichy.

Vous pouvez me laisser là, indique-t-elle. Je vais traverser pour aller au café Au Petit Poucet à l'angle de la rue Biot. C'est encore ouvert à cause du débit de tabac, et, comment dire, Henry doit certainement se trouver à l'intérieur.

Comme vous voudrez. C'était bien de se revoir.

Il compte sur ses doigts le nombre de leurs rencontres, et couvre son épaule nue d'un dernier regard.

7.
La conférence hallucinée (avril)

Elle arrive juste à temps pour la conférence. Manque de se tordre la cheville en cavalant boulevard Saint-Michel, se perd dans l'enchevêtrement des salles de la Sorbonne. Elle demande son chemin à des étudiantes, de jeunes beautés. Plus jeunes qu'elle, qui vient d'avoir trente ans. Le nouveau cap de la trentaine, où la légèreté devient une façon de s'en sortir plus qu'une manière d'être. À trente ans, Anaïs possède une maison, un jardin, un aquarium, un mari, un Henry, des hommes et un journal, de la même manière qu'une héroïne de l'ouest (parisien) pourrait dire : des chevaux et un fusil, mais elle n'a plus la vie devant elle. Elle a, comment dire, la vie autour d'elle, la vie à partir d'elle, mais plus, du moins c'est comme cela qu'elle l'expliquerait, devant elle, comme peuvent l'avoir ces filles qui, ironiquement, lui indiquent la direction à prendre.

Quand elle arrive devant l'amphithéâtre Michelet, une annexe qui se situe au 46 rue Saint-Jacques, il y a déjà du monde devant la porte. Hugo, qui s'est montré intéressé à écouter la conférence d'un olibrius qu'il a reçu à dîner chez lui, prétend que finalement il a une obligation pour le travail, qu'il va juste assister au début, un petit quart d'heure, et filer à l'anglaise, mais qu'ils peuvent convenir d'un rendez-vous ensuite dans Paris pour rentrer ensemble à Louveciennes. Sa voiture est garée dans le haut du boulevard Raspail. OK, minuit à l'angle du boulevard et de la rue Campagne-Première. Elle repère Alle, qui fond droit sur elle, accompagné de sa femme, Yvonne. Anaïs est un peu gênée, car de la poche de son imperméable dépasse une lettre qu'il lui a écrite, qu'elle a reçue juste avant de partir et qu'elle a lue dans le train. Une lettre dans laquelle Alle déclare qu'il aimerait la punir d'être méchante avec lui, de le séduire puis de l'abandonner, de le laisser prendre possession de son esprit et ensuite de lui refuser un baiser – comme l'autre fois, dans son cabinet de la rue de Luynes, après qu'elle a raconté cette histoire stupéfiante de poussette en travers des rails –, qu'il aimerait la conduire dans une chambre d'hôtel, sortir un fouet de son étui et lui en administrer quelques coups sur les fesses, de légers coups pour faire monter l'excitation. Elle a failli succomber à une crise de rire dans le train. Faire pipi dans sa culotte tellement elle n'en pouvait plus de rire. Elle a voulu ouvrir une fenêtre pour respirer un peu d'air frais. La fenêtre a résisté, une fois, deux fois, elle s'est déplacée pour en ouvrir une autre.

Et maintenant Alle se présente devant elle, parmi ses amis et au bras de sa femme, tous venus assister à la conférence d'Antonin. L'enveloppe déchirée dépasse de la veste de son imperméable, avec l'écriture d'Alle visible et reconnaissable pour qui la connaît. Alors le premier geste qu'elle fait, de manière totalement incongrue pour les autres, est d'enfouir la main dans sa poche au moment où la femme d'Alle lui tend la sienne en guise de salut.

*

Les gens se pressent pour entrer dans l'amphithéâtre, le bouche-à-oreille, les contacts de l'éminent docteur en psychanalyse ont fonctionné. C'est l'effervescence, toutes les générations sont représentées, l'énergie des événements qui resteront marqués d'une pierre blanche dans l'histoire.

C'est super pour Antonin, s'enthousiasme Anaïs. Ça va être un succès !

On a réservé des places au premier rang, indique Alle. Puis il ajoute à l'attention d'Anaïs : Antonin a insisté pour que tu t'assoies devant.

Il vient de donner cette information pour tromper les soupçons de sa femme, bien sûr, pourtant c'est la stricte vérité, Antonin lui a demandé avec insistance de bien placer Anaïs au premier rang, et franchement, même si ça lui sert de parade bienvenue sur le moment, cette vérité l'emmerde, il n'y a même rien de plus enquiquinant que la vérité quand elle prend cette tournure, il en éprouverait de la sympathie, de la compréhension, pour l'implacable beauté du mensonge.

Antonin passe en trombe, tendu, angoissé, juste le temps d'un demi-salut, comme s'il était à lui seul une équipe de base-ball et qu'il devait se dépêcher d'aller assister, dix minutes avant le match, à l'ultime recommandation du coach.

Alle dit à sa femme d'une voix fuyante :

Chérie, si tu veux aller aux toilettes, c'est maintenant !

Anaïs et les trois-quatre personnes agglomérées autour d'eux le regardent avec surprise.

Dans l'obligation de s'expliquer, il tousse dans son poing et précise :

Parce qu'on est tous installés au premier rang et après ce sera compliqué de se lever en plein milieu de la conférence.

Yvonne réfléchit un instant au caractère pragmatique de ce qui vient d'être énoncé, puis, hochant la tête à l'affirmative, décide de prendre la direction des toilettes. Aussitôt, Alle en profite pour attraper le bras d'Anaïs et l'entraîne à l'écart.

Eh bien, s'agite-elle en se dégageant de sa pression, il vaut mieux être la personne sur laquelle tu fantasmes que ta femme…

As-tu reçu ma lettre ? demande-t-il sans cérémonie.

Oui. Elle est dans ma poche. Tu veux que je fasse la vedette américaine d'Antonin et que je la lise sur l'estrade devant tout le monde ?

Alle ne semble pas faire attention au trait d'humour, il dit de manière précipitée :

C'est quand tu veux, tu sais. Je me suis procuré le fouet. Je l'ai soigneusement rangé dans mon cabinet. Nous irons dans un hôtel discret. Je te ferai expier toutes tes fautes. Tu seras nue devant moi. Ce sera une expérience inoubliable.

Anaïs réprime un nouvel éclat de rire, et est heureusement sauvée par un jeune homme qui crie à la cantonade : « Dépêchez-vous ! Prenez place ! Ça va commencer ! »

Il faut que j'y aille, dit Alle, c'est moi qui présente Antonin sur scène. À tout de suite !

L'amphithéâtre Michelet se compose de trois blocs constitués chacun d'une quinzaine de bancs en bois, au confort rudimentaire, qui peuvent accueillir environ quinze personnes par banc pour la rangée du milieu, une demi-douzaine aux deux extrémités. Sur la grande estrade de planches, un bureau en bois massif occupe presque toute la longueur. Côté cour, une porte donne sur une petite salle carrée, dans laquelle les conférenciers peuvent se préparer, mais où peut aussi réapparaître momentanément et se désaltérer d'une limonade la femme coupée en morceaux, dans le cas d'un spectacle de magie, éventualité qui, à ce jour, ne s'est encore jamais produite.

Anaïs s'installe au premier rang, à côté d'Yvonne. La lettre dans laquelle son amant implore qu'il voudrait qu'elle se laisse flageller est dans la poche de son imperméable, séparée de son genou par deux centimètres de tissu. La jeune femme se retourne pour constater avec bonheur que la salle est comble. Il y a même des étudiants debout, adossés au mur de part et d'autre de l'amphithéâtre. Murmures et sifflets d'impatience. Alors, ça commence ou quoi ? Alle apparaît sur scène. Il s'assoit derrière le long bureau. Fait une courte et élogieuse présentation d'Antonin. Tout ce qu'il dit en privé : génie méconnu, poète absolu, il le ressert mot pour mot au public. Puis il en vient à l'objet de la conférence : la peste.

Anaïs se penche à l'oreille d'Yvonne et chuchote, sur un ton enjoué :

Ne vous en faites pas, ce n'est pas vous, la peste !

La femme d'Alle amorce un petit sourire et continue à fixer la scène, absorbée par son mari, ou par un point quelque part sur cette scène, peut-être en biais de son mari, un peu ailleurs. Antonin surgit sous les ovations du public, personnage shakespearien, charismatique, aux gestes tourmentés et précis qui se déploient comme les ailes d'un oiseau, prêt à prendre son envol sous la lumière crue de la salle de cours. Il parle d'abord du virus de la peste d'un point de vue historique, de son apparition, du bassin de la Méditerranée, et des médecins de Marseille, les premiers à étudier les cas, à se pencher sur les symptômes. De la peste à travers les temps, qui a tellement rapproché les hommes de la mort sans qu'ils puissent y échapper, qu'ils n'ont eu d'autre choix que de s'élever, transcender leur condition en créant des œuvres surhumaines et sublimes. L'art, en quelque sorte, pour unique secours, ultime diversion pour accéder à l'immortalité. Il donne des exemples concrets : la peste qui a produit le *Décaméron*, la peste qui donne à Nostradamus l'opportunité d'exercer ses talents. La peste comme une immense matrice. Puis, sans aucune transition, sous les regards incrédules du public, Antonin laisse tomber le fil de son discours, jette son exposé par-dessus son épaule, se lève et se hisse d'un bond sur l'immense bureau, relève les manches de sa chemise et joue la panique comme s'il constatait qu'il avait des taches sur les bras, rouges puis sombres, frappé des premiers symptômes, des marques de l'infamie.

Ses yeux se révulsent, il commence à suer. Pose ses deux mains en étau sur sa tête. Les écarte pour signifier que sa tête enfle, double, quadruple de volume, qu'elle est semblable à une immense bouilloire sifflante, trop lourde maintenant pour que le corps puisse la supporter. Alors, d'un coup sec, il se laisse tomber sur le bureau, s'écroule de tout son long.

Stupeur générale dans le public, regards inquiets, souffles suspendus.

Secoué maintenant de convulsions, il se roule au sol jusqu'à venir frapper le devant de l'estrade. Les spectateurs sont déconcertés, certains des étudiants réagissent par des acclamations, des sifflets d'admiration, des rires. Mais l'agonie jouée sur scène n'en finit pas. D'autres alors perdent patience, se moquent ou sont pris d'une répulsion nerveuse. Qu'est-ce que c'est que cette conférence ? Une comédie ? Une entourloupe ? Antonin ne s'arrête pas pour autant. D'un bout à l'autre de l'estrade, il mime l'homme attaqué, rongé, terrassé par le fléau. Il se contorsionne, soumis à de violents spasmes qui ne sont pas sans rappeler, pour ceux qui l'auraient aperçu en d'autres circonstances, la nuit dans les clubs enfumés, un ou deux mouvements de danse balinaise. Il se relève, halluciné. Tire la langue, halète. Se vautre à nouveau sur le sol. Pousse des cris de bête, terrifiants dans l'acoustique du lieu. Il n'y a plus qu'Anaïs qui reste en place, totalement captivée, émue, suivant la proposition qui se déroule sous ses yeux comme si elle assistait à une performance artistique d'une beauté inouïe, fondamentalement moderne.

Les spectateurs quittent le navire les uns à la suite des autres, laissant le pestiféré sur le pont. Crient au grand n'importe quoi. Claquent les portes de l'amphithéâtre en ricanant de mépris.

Alle affirme à sa femme qu'il n'avait aucune idée qu'Antonin allait se mettre dans cet état, jouer cette bouffonnerie, lui assure que ce cabotin qui se dit son ami lui a sournoisement caché son intention. C'est un affront personnel. Quand même, toutes les personnalités qu'il a fait venir. La plupart de ses amis. Et lors de son petit discours d'introduction, a-t-il vraiment parlé de génie ? Il aurait dû ajouter : comique. De génie comique, oui ! Quelle insulte au caractère scientifique de ses idées nouvelles, à l'exigence et au sérieux des personnes présentes. Enfin, présentes, toutes ont fui à l'heure qu'il est. Antonin se retrouve seul, n'en finissant pas de convulser sur l'estrade et de crever de la peste. Quand, enfin mort, il se relève de son agonie, la première vision qui est la sienne est celle d'Anaïs dans une salle vide. Une façon tout à fait acceptable d'être accueilli au Paradis.

*

Ils marchent tous les deux sous une pluie fine. Il lui a demandé de rester un peu avec lui, de marcher dans Paris jusqu'à ce qu'ils trouvent un café accueillant. Il espère réapprendre à respirer (auprès d'elle), et que les rues de Paris épongeront son désarroi, calmeront sa détresse.

Anaïs est révoltée pour lui, elle a eu la sincère impression que cette mise en perspective, en chair et en âme, de la peste, était prodigieuse. Elle ne comprend pas pourquoi elle était la seule à le ressentir, le comprendre.

Je voulais leur montrer ce que c'est réellement que la peste, explique Antonin, en proie à l'agitation. Leur donner à voir comment l'esprit ruisselle par les dents. Je voulais qu'ils vivent une véritable expérience. Les bousculer dans leurs certitudes. La peste, voyez-vous, ça s'empare de tout : des structures, des digues, des thèses/antithèses/conclusions, des péripéties et du climax, des schémas, de la méthode et des éléments de langage, ça frappe à l'improviste, intensément, ici et partout, ça en dévore certains, en épargne d'autres, comme l'amour, voyez-vous, au hasard des rencontres, et ça n'a que faire de ce qu'ils attendent, paisiblement, d'un conférencier.

Il parle très vite, sans discontinuer :

Mais, bien sûr, le public et ses dompteurs n'entendent rien à ça, ils veulent juste passer une bonne soirée en ingurgitant des émotions aussi désincarnées que des données, comme des machines, des foutues machines, et enfler, enfler de connaissance, se goinfrer de savoir et de points de vue pour tout recracher en société, à table, dans les dîners, recracher leurs connaissances et leurs points de vue en se remplissant de viande et de poisson. Mais expérimenter, ressentir, ils ne savent pas. Ce sont des assis ! Vous connaissez ce poème de Rimbaud, « Les Assis » ? Eh bien, ce sont eux. Tous ! Alle, ses amis, les autres, des assis !

Antonin s'agite en marchant, il frappe du poing des murs invisibles, boxe contre le silence. Il est maintenant rattrapé par le jugement des prochains jours. L'impression qu'aura laissée la conférence dans le public. La rumeur qui déjà répand son fiel. La conférence sera considérée comme une supercherie, et lui comme un imposteur.

Elle a mal pour lui. Au-delà de ses emportements, Anaïs voit sa pureté, son innocence, son mépris des calculs et de la vanité, de ce à quoi il faudrait se conformer pour plaire, faire carrière, avoir du succès, et cela la touche sincèrement. Elle ne sait même plus comment elle a pu se laisser envoûter par Alle, dont elle mesure la médiocrité à l'aune de cet épisode. Si elle avait connu Antonin avant de rencontrer le psychanalyste, c'est de l'esprit d'Antonin qu'elle serait tombée amoureuse, sa force et sa passion, son courage aussi. Antonin aurait comblé cette aspiration à l'absolu que ni Henry ni Hugo ne pourraient sans doute satisfaire. Des matérialistes en fin de compte. Charnels, passionnés, mais matérialistes. Elle réfléchit maintenant à la manière dont les êtres qui comptent apparaissent et disparaissent dans une vie. Leur ordre d'apparition. Elle entrevoit non pas le regret des vies parallèles, mais les faux pas des vies successives. Il y a des gens qui arrivent trop tôt, ou trop tard. On ne fait que les envisager, les frôler, parce que c'est trop tôt, ou trop tard, et ça se joue à rien, quelques mois, une année, ou juste un battement de porte. C'est triste, se dit-elle, mais la vraie liberté consiste peut-être à porter avec soi, où qu'on aille, toutes ces vies parallèles et toutes ces vies successives. Les garder pour qu'elles s'épanouissent en rêve, comme des fleurs monstrueuses à l'intérieur d'une serre, et de temps en temps ouvrir la porte, quand ça devient irrésistible, intenable, irrespirable, s'offrir le luxe de les faire un peu bourgeonner dans la réalité.

Si Antonin lui disait, à l'instant : « Fuyons tous les deux », sans doute qu'elle dirait oui.

Oui dans l'émotion de ce qui vient de se produire, elle dirait oui, mais Antonin est trop au chahut, concentré sur sa personne, et dans ce qu'il considère comme un malentendu le condamnant pour toujours. Un malentendu qui l'empêcherait de trouver une place en ce monde. Aussi, il n'y a pas beaucoup de place à cet instant pour Anaïs dans ses pensées, ce n'est pas la bonne synchronicité. Anaïs pourrait intervenir, lui dire, elle, de sa propre initiative : « Fuyons tous les deux ! », en prendre la décision impérieuse, mais ils remontent la rue Vavin et elle se souvient qu'elle a promis à Hugo de le retrouver à minuit, un peu plus haut.

Ils avancent sur le boulevard, mais elle recule dans cet amour, à nouveau.

*

Le boulevard de Montparnasse est animé, les portières des taxis déversent le beau monde, des êtres pimpants, assoiffés de plaisirs légers et de conversations profondes ; les étudiants échappent jusqu'aux dernières sommations du sommeil à leurs clapiers sous les toits. C'est l'heure des retrouvailles et des errances, des verres qui s'éternisent après dîner. Ils s'installent à l'une des dernières tables inoccupées, en terrasse, à la Rotonde. Autour d'eux, dans les conversations, il n'y en a que pour la situation internationale. Les dictatures qui se testent, évaluent la lâcheté des

États voisins pour en faire des adversaires faciles à renverser, avancent un peu plus loin chaque jour dans l'inacceptable, en toute impunité.

Comment disiez-vous, Antonin, les hommes et leurs missiles ?

Oui, c'est ça. Comme les combats de coqs à Bali. La modernité, c'est juste une version au goût du jour de pulsions archaïques. Les missiles comme les coqs, pour ceux qui les dressent, ne s'émancipent pas de leur condition de pénis de substitution. La planète entière n'est qu'un gigantesque bac à sable qu'ils veulent remplir de leur foutre.

Ça ne vous fait pas peur ? demande-t-elle.

Tout me fait peur, répond-il d'un ton catégorique. La guerre. Les hordes. Et les individus. Moi. Vous…

Allons bon ! s'ébroue-t-elle en levant les yeux au ciel. Et en quoi vous fais-je peur ?

Il réfléchit un instant. Plonge dans ses yeux.

Vous me forcez à être héroïque. Plus que la guerre encore.

Anaïs avance une main pour venir toucher son avant-bras, elle pose une autre question :

C'est quoi pour vous, un héros ?

Il regarde autour de lui et dit :

Un héros, c'est quelqu'un qui parie sur le monde invisible.

Elle le regarde intensément. Serait tentée de l'embrasser, tentée une fois encore. Mais c'est trop dangereux ici, Hugo peut surgir à tout moment, accompagné de son rendez-vous de travail ou en avance pour la retrouver. Antonin continue à parler, il raconte une légende balinaise, celle d'un homme malchanceux qui perd une fortune dans les combats de coqs, qui n'a plus qu'un coq dans le fond de son jardin pour se refaire, et qui croise la route d'un vieillard qui lui mendie un repas. L'homme hésite, puis finit par inviter le vieillard chez lui et sacrifie son coq pour le nourrir. Antonin ajoute qu'à ce moment-là l'homme dit à sa femme, qui déplore le sacrifice du coq : Ne t'en fais pas, je parie sur le monde invisible. Et, en effet, le vieillard s'avère être une divinité balinaise, un dénommé Siva, qui vit dans un château dans le ciel, et qui pour le récompenser de sa générosité lui offre un coq capable de tuer un roi. Un coq qui fera de sa femme et de lui-même une reine et un roi, et Antonin insiste là-dessus, parier non plus sur un combat de coqs, mais parier sur le monde invisible, et Anaïs l'écoute d'une oreille distraite parce qu'elle s'attend à voir surgir Hugo parmi les passants qui se dirigent carrefour Vavin, elle se demande comment réagirait Hugo s'il la surprenait en train d'embrasser Antonin, ce dont elle continue à avoir envie. Est-ce qu'il l'agripperait par le bras pour l'arracher à ce baiser comme on déchire une lettre d'amour en deux ? Est-ce qu'il ferait preuve de brusquerie ou au contraire serait-il si choqué qu'il ne serait même pas capable de s'arrêter ou d'articuler un seul mot ? Qu'il se terrerait en lui, et demanderait peut-être, simplement, à bout d'aménité : Tu restes avec lui ou tu rentres avec moi ? Donc le héros se présente sur le lieu du combat avec le coq puissant donné par Siva, et il doit affronter le souverain, qui lui oppose son coq le plus brutal et le plus aguerri. Quand les pattes des deux coqs sont posées à terre, celui du héros se débine et s'enfuit, ce qui provoque l'hilarité générale parmi les spectateurs. Mais, dix secondes plus tard, le coq revient et se précipite sur le souverain pour lui planter son éperon dans la gorge. Devant la foule médusée, le coq se transforme en Garuda, l'homme oiseau, l'aigle suprême des mythologies hindouiste et bouddhiste. Alors...

Vous savez ce que j'ai dit à la femme d'Alle ?

Pardon ?

Avant que vous entriez sur scène, savez-vous ce que j'ai dit à la femme d'Alle ?

Euh... non, fait Antonin, décontenancé de s'être fait interrompre en plein récit fiévreux.

Que la conférence sur la peste n'allait pas porter sur elle.

Elle envoie un sourire lumineux à Antonin. Antonin la contemple. Sa fièvre retombe. L'homme oiseau replie ses ailes. Il se laisse gagner, emporter, par la présence d'Anaïs. Elle est restée tout ce temps à ses côtés. A cru en lui, lui a donné la main. Lui a offert le refuge de sa beauté. Sa fantaisie, sa profondeur. Son château dans le ciel. Les parages de la beauté, c'est le seul empire valable. Les seuls remparts à tout ce qui fuit. Il aimerait avoir assez de volonté, ou de bonté, pour que sa rage fonde au sourire d'Anaïs. Sa rage et la folie qui le gagne, qui le prend, de ne pas trouver une place à sa mesure dans la société. Une place semblable à une fenêtre de train qui s'ouvre du premier coup et dont l'air neuf vient chasser une époque d'asphyxie et de tourments. Une place où respirer. Souffler, sans rien attendre de plus que respirer. Ce serait déjà pas mal à demander à la vie, n'est-ce pas ?

8.
Dans le dos des gorgones (quelques jours plus tard)

Anaïs a accepté de retrouver Alle au métro Poissonnière. Il lui a promis une surprise. Elle est en avance, trouve une place temporaire dans un bal de visages fermés, de silhouettes au pas pressé à la sortie des bureaux. Elle se fait la réflexion que tous ces gens qui passent inaperçus dans sa vie ont sans doute une place de choix dans la vie de quelqu'un d'autre. Elle a l'envie soudaine de les arrêter, de les secouer par le bras et de leur dire :

Ne faites pas la tronche ! Ce n'est pas parce que je ne vous calcule pas qu'il faut être atone ou grincheux. Vous êtes certainement spécial dans la vie de quelqu'un d'autre.

Elle déambule sur la haute et sinistre rue La Fayette, bordée d'immeubles aussi muets que des blocs de givre, où, de temps à autre, un pâle géranium dépasse d'un balcon comme une décoration à la boutonnière. Elle marche jusqu'à un square, revient par prudence sur ses pas. Elle porte une jupe noire et un pull-over avec des bandes horizontales à smocks, est coiffée d'une toque de feutre noire agrémentée d'une boucle en métal, l'ensemble lui confère une allure de guerrière. Il lui arrive souvent de s'habiller en combattante, d'ajouter une touche de métal à ses tenues, quand elle a rendez-vous avec des hommes. Elle s'arme en conséquence, même si elle finit presque toujours par leur céder. Par désir, jamais par dévotion.

Alle arrive depuis le bas de la rue La Fayette, un homme comme tant d'autres, au charme insidieux et tenace quand on l'a laissé une fois ou deux pénétrer dans sa vie, mais sur lequel on ne se retournerait pas dans la rue, sans charisme particulier si le destin ou le hasard de l'existence n'a pas la lubie de fournir une occasion. Le genre d'hommes pour qui la fragilité d'autrui ou l'incommensurable ennui qui étreint parfois reste la meilleure des portes d'accès.

Anaïs lui est pourtant redevable. C'est Alle qui lui a appris à dissocier, à ne pas uniquement être à la recherche d'un absolu, mais à poser un pied – ou, plutôt, une sandale – sur toutes les entrées du labyrinthe. L'analyse qu'elle a suivie sous sa tutelle a été une renaissance qui va de pair avec la rencontre d'Henry et l'écriture de plus en plus régulière de son journal intime. La pieuvre de l'écriture, dont les tentacules se débattent à la surface du quotidien. Dans la nuit, elle a rêvé que les lignes de son journal se resserraient telles des mailles et tissaient une toile élastique semblable à celle des trampolines sur laquelle n'en finissaient pas de rebondir les hommes qui occupent sa vie. Ils sautaient tous dans les airs : Hugo au visage tendre et aux projets raisonnables ; Alle s'agrippant à son chapeau ; Antonin tourmenté par des pensées cryptiques sous sa casquette des New York Yankees ; Joaquin, son père, en train de jouer du piano avec un air de conquistador devant un parterre de jeunes filles au pair d'origine britannique ; à vrai dire, seul Henry souriait en bondissant sur le trampoline et lui adressait même un petit *hello*, pareil aux enfants sur un manège qui agitent la main à chaque tour. Anaïs était d'ailleurs assise à les regarder (s'envoyer en l'air ?), au milieu d'une assemblée muette, autodésignée la mère de tous ces hommes, et son journal intime était le trampoline tissé d'encre et de lignes, le véhicule suprême, le landau originel.

Alle surgit en nage, tout essoufflé.

Pardonne-moi, mon dernier patient ne voulait plus partir, il me racontait une sorte de virée salace qu'il fait le samedi soir derrière l'ambassade de Russie.

Anaïs frémit, puis décide de répondre, d'un ton las :

J'ai entendu parler de cette histoire. Les rues derrière l'ambassade de Russie me semblent aussi fréquentées que le Prix de Diane.

Oui, fait Alle, que veux-tu ? Il y a des gens qui ont vraiment le vice en eux.

Il porte à l'épaule une sorte de cabas d'où dépasse un objet oblong.

Qu'est-ce que c'est que ça ? demande Anaïs. Un poireau ? Tu vas nous faire une soupe ?

Non, fait Alle en baissant la tête, c'est la surprise dont je t'ai parlé. C'est le fouet.

Ah, constate-t-elle avec lassitude. Il y a des gens qui ont le vice en eux, et d'autres qui le portent sous le bras.

Le visage du psychanalyste se crispe :

Je croyais que tu étais d'accord.

Confrontée à la déception qu'elle provoque, Anaïs est prise d'une grande pitié. Sur la liste de ce qu'elle abhorre le plus au monde, il y a : décevoir et blesser. Elle lui passe la main sur la joue, dit en soupirant :

Si c'est une surprise, bien sûr que je suis d'accord.

Il ne perd plus une seconde. Dit d'une voix haletante :

J'ai réservé une chambre dans un hôtel à deux pas d'ici, viens, suis-moi.

Anaïs obtempère. Elle fournit un premier effort pour ne pas se laisser gagner par le ridicule de la situation, puis, en chemin, par le dégoût. Ce qui la sauve, c'est que le dégoût ne l'atteint jamais quand il est question d'elle-même. Elle détient cette force rare qui fait que l'avilissement qu'elle pourrait ressentir ne la touche jamais de façon durable. Elle ne se laisse atteindre, entamer, cramer que par l'émotion pure. Une qualité d'émotion comparable à l'amour. C'est ce qui la sauve de tout.

*

Le hall de l'hôtel est impersonnel au possible, un comptoir, des casiers avec des numéros, un petit espace muni d'un canapé et d'une chaise pour attendre. Personne à la réception. Alle attrape une clé déposée sur le comptoir. Il a tout fait pour limiter l'embarras, a dû convenir avec le réceptionniste que, lorsque celui-ci le verrait arriver, il irait s'éclipser dans la loge et laisserait la clé bien en évidence. Anaïs est impressionnée par tant de mise en scène.

Elle le suit sans mot dire dans la chambre. Une chambre tapissée de bleu, aux volets clos. Pas de fioritures ici non plus, un grand miroir ovale sur pied, un lit bas qui mange tout l'espace, la pâle ardeur d'un édredon, et, au mur, un christ en ivoire qu'Alle prend soin de décrocher et de poser, corps contre la table de nuit. Il se retourne vers Anaïs. Dans ce petit moment suspendu, la répartition des tâches est la suivante : lui le bourreau, elle la victime. Il la somme de se déshabiller. Il met dans cet ordre une vigueur enrouée, comme s'il essayait de surjouer la virilité, qu'il se prenait pour un autre que celui qu'il est d'ordinaire, cet être intellectuel, appréhensif et empli de compassion par déformation professionnelle. Il extirpe le fouet du cabas, le brandit dans une main et dit :

Tu viens pour ça, n'est-ce pas ?!

Anaïs profite du moment où elle ôte son pull par-dessus sa tête pour dissimuler un petit rire nerveux. Elle fait tomber sa jupe noire puis sa culotte sur ses chevilles. S'observe dans le miroir. Les taches brunes du tain détérioré par l'usure du temps constellent ses cuisses de grains de beauté, et l'aident à se mettre dans la peau d'une autre. La nudité, c'est un seul bloc parfois, isolé dans l'espace d'un miroir, une nudité qui lui paraît vaguement familière et en même temps impersonnelle, loin d'elle. La nudité de tout le monde, non réductible à ce qu'elle est.

Tu crois que tu peux nous faire monter du whisky ? demande-t-elle. Il me faudrait quand même un peu de whisky.

Il rétorque avec embarras :

Ce n'est pas ce genre d'hôtel, tu sais.

La précision apportée, son regard devient hostile. Il parvient en cet instant à se faire croire qu'il est un mauvais garçon. Il saisit brutalement Anaïs par le bras, l'attire devant son reflet.

Là, comme ça, je vais te fouetter devant le miroir. Tu n'es qu'une garce ! Je vais te faire payer de m'avoir séduit et ensuite laissé pour compte. Te faire payer de te donner à d'autres que moi !

Il s'écarte de deux pas, donne un premier coup sans vigueur. Un deuxième plus fort et précis en bas des reins, qui lui soutire un petit cri. Anaïs ressent une vive douleur, elle a envie de se retourner et de lui en coller une. Ne comprend pas ce qu'il y a d'excitant, ni dans le cérémonial, ni dans les coups portés. Alle continue à beaucoup parler, obsédé par la dialectique du coup.

Aucun autre de tes amants ne t'a jamais frappée comme moi, ils n'ont jamais osé, n'est-ce pas ? Ce sont des petits moutons. J'aimerais bien savoir pour quelle raison tu te donnes à des moutons ? Il n'y a que ton père qui te frappait correctement. Tu l'aimais parce qu'il te corrigeait, dis-moi la vérité ? Parce que sa sauvagerie te semblait contre-nature ? Eh bien, maintenant, c'est moi le sauvage qui va te marquer à jamais. Oui, tu vas être marquée par moi !

Alle est très excité tandis qu'Anaïs éprouve un mélange de consternation et de lassitude, elle se rebelle, déclare qu'elle ne peut pas être marquée, que ni Hugo ni Henry ne vont accepter ça. Les marques rouges, virant au violet sur tout le corps pendant des jours, ça va se voir.

En entendant le nom du mari et du rival, Alle est saisi d'une hargne jubilatoire, il attrape à nouveau Anaïs par le bras, la serre contre lui, pince sa chair, la moleste, puis finit par la jeter sur le lit, où elle tombe à plat ventre. Il en profite aussitôt pour la frapper encore une ou deux fois violemment sur les fesses. Elle pense que c'est enfin le moment où il va la tirer par les jambes et venir la prendre, entrer en elle, et qu'on en aura fini de tout ce cirque. Et en effet Alle ôte sa chemise, l'action prend un certain temps, boutons dans le chemin, alors elle se retourne et voit son corps mou, le torse glabre qui contraste avec la pilosité de la barbe. Il a un petit ventre de bouddha, un léger renfoncement au niveau du nombril, semblable à la respiration souriante d'un personnage autonome. Malgré son scénario autopersuasif et tout le mal qu'il se donne, Anaïs constate qu'il n'arrive pas à bander, il peine avec le puissant désarroi d'un cycliste qui s'avance sur la ligne de départ du Paris-Roubaix avec un pneu crevé.

Bonne camarade, Anaïs s'assoit sur le lit, l'aide à déployer son membre hors du pantalon, rien qu'une petite chose pantelante, essaye de l'astiquer un peu, d'accord il y a du mieux, il bande juste ce qu'il faut, elle le prend dans sa bouche, trois-quatre mouvements, pas plus.

Le fouet touche le parquet dans un bruit sourd. Tandis qu'Anaïs se lève et se dirige en deux enjambées vers le minuscule cabinet de toilette, l'homme repu se laisser tomber sur le lit, ayant déchargé comme jamais, d'après son analyse.

En sortant de l'hôtel, il se sent ragaillardi et exalté, arborant la satisfaction du provincial qui découvre Paris pour la première fois, sa tour Eiffel et ses ponts, son champ de Mars et des possibles. Il la regarde en biais et lance sur un ton paternaliste :

C'est bien, tu as été courageuse.

Elle hausse une épaule.

Pour t'avoir suivie dans cet hôtel minable ?

Non. Pour n'avoir pas pleuré sous les coups.

Elle lui jette un regard méprisant.

Je ne suis pas une pleureuse. Tu sais ce qui est arrivé à la nymphe Égérie ? Elle pleurnichait tellement que ça a saoulé la déesse Diane, qui l'a transformée en fontaine.

En femme fontaine ? demande Alle, se croyant spirituel.

Non, simplement en fontaine.

Alle hèle un taxi. Saint-Lazare, annonce-t-il. À l'arrière de l'auto, il est tellement fier de sa performance qu'il est tout près de raconter la scène dans le détail au chauffeur. De son côté, Anaïs acquiesce à tout ce qu'il dit : Oui, j'ai éprouvé un plaisir immense, oui, aucun autre homme ne m'a jamais traitée avec autant de fougue. Oui, bien sûr, jeudi prochain, métro Poissonnière, à la même heure. C'est là qu'elle pense à Antonin. Par ricochet. Antonin lui a appris qu'il dînait tous les mercredis soir chez Alle et sa femme. Anaïs ne peut s'empêcher de sourire en visualisant l'agenda du psychanalyste : Mercredi, dîner avec Antonin ; jeudi, séance de fouet avec Anaïs. Tiens, où peut bien être Antonin à l'instant où il vient s'immiscer dans ses pensées ? C'est l'heure où il hante de sa dégaine tourmentée le café des Deux Magots, la brasserie Lipp, le Rouquet. Elle a une irrépressible envie de le revoir. L'autre nuit, elle s'est sentie mal de le quitter dans la précipitation pour rejoindre Hugo, mais elle ne pouvait pas faire autrement, il n'y avait plus de temps disponible pour les beaux mensonges.

Pour ne pas éveiller les soupçons d'Alle, elle dit au chauffeur au moment où il s'engage boulevard des Italiens :

Pas de Saint-Lazare pour moi, pouvez-vous me déposer à Sèvres-Babylone ?

Alle est étonné, puis contrarié. Il saute dans la jalousie comme un enfant à pieds joints dans une flaque d'eau.

Tu ne veux pas que je te raccompagne à la gare ?

Non, répond-elle. Hugo est à Londres pour quelques jours, je vais traîner un peu en ville, viens avec moi si tu veux ?

Disant cela, elle sait très bien qu'il va lui répondre :

Je ne peux pas. Yvonne m'attend pour le souper.

D'un ton plaintif, il demande :

Qui vas-tu retrouver ? Henry ? Il verra tes bleus sur les fesses. Tu ne peux pas te donner à lui après avoir été marquée par moi.

Elle a envie d'être cruelle, n'y parvient pas. Jamais. C'est ce qui la distingue de tous les autres, l'absence totale de cruauté. Elle se contente de dire, ce qui est quand même une forme involontaire et subtile de cruauté :

Non, pas Henry.

Alle explose :

C'est Antonin ! Je suis sûr que tu vas retrouver Antonin. Il m'a raconté que tu étais restée avec lui après la conférence.

Calme-toi, dit Anaïs avec froideur. On dirait que tu tiens encore ton fouet dans la main.

Tu n'es qu'une incurable garce ! explose-t-il.

Le chauffeur de taxi se retourne vivement et, dans une mimique qui n'admet pas la contradiction, le prie de bien vouloir baisser d'un ton. Alle prend peur, peur du taximan, il chuchote :

Antonin est fou, imprévisible, il a du mal à maîtriser son hypersensibilité. Sais-tu qu'il est capable de frapper un enfant ?!

Elle soupire face à l'argument donné. Rétorque, en prenant sa défense :

C'est l'enfant qui avait commencé.

Alle secoue la tête d'un air consterné :

Tu te rends compte de ce que tu dis ? Frapper un enfant ?

Oui, bien sûr, je m'en rends compte, s'échauffe-t-elle à son tour. Je suis passée par là. Mon père y prenait un plaisir aussi sadique qu'un homme qui emmène des filles dans une chambre d'hôtel et leur administre des coups de fouet, et qui n'est même pas capable de croiser le regard du réceptionniste. Au moins, mon père fixait bien ma mère dans les yeux quand il sortait de ma chambre !

Anaïs a lapidé ses paroles en proie à une vive émotion. À court d'arguments, Alle tourne le visage vers la vitre de l'auto, puis ajoute, avec cet air à porter le coup de grâce :

En plus, c'est un opiomane.

Anaïs hausse une épaule. Elle décide de mentir. Le mensonge est comme un baume pour elle, il arrive toujours à point nommé comme la cavalerie dans les western.

Tu dînes bien avec lui tous les mercredis soir, alors qu'est-ce que ça peut te foutre si je passe un jeudi dans l'année à prendre un verre en sa compagnie ?

Alle souffle avec dépit :

Si je l'invite à dîner tous les mercredis soir, c'est parce qu'au moins je sais que, quand il est à notre table, il n'est pas dans quelque endroit sordide à consommer de l'opium. Tu es fascinée par ce qu'il représente, l'artiste maudit, la célébrité en devenir, cela étanche ta soif d'absolu, mais fais attention, Anaïs, il te privera de tout ce que les autres t'apportent. Il te détachera de tous les autres pour mieux te dévorer de l'intérieur, et te laissera exsangue, à l'image d'une coquille vide. La même chose que dans ses histoires de peste. Tout comme l'opium agit sur lui.

Le taxi s'arrête au carrefour Sèvres-Babylone. Anaïs est contrariée, elle descend sans un mot. Alle retient la portière. Il lui lance sur un ton qui se veut piteusement autoritaire :

À jeudi prochain. Même heure, métro Poissonnière. Je compte sur toi !

Elle ne se retourne pas, dévale la rue de Sèvres à grandes enjambées, s'apprête à prendre le toboggan de la rue du Dragon pour atterrir directement sur le boulevard, dans un nouveau monde.

*

Elle furète en impatience aux vitres des cafés. Boulevard Saint-Germain, les hommes se retournent sur son passage. Elle n'y prend ni plaisir ni peur. Depuis l'extérieur, elle voit

Antonin au comptoir des Deux Magots en train de converser avec la fille qui, chaque après-midi, zigzague entre les tables en présentant un serviteur muet garni de pâtisseries. La fille est une jolie blonde élancée. Antonin fait de grands gestes théâtraux en lui parlant, et, en retour, elle ouvre de grands yeux, ses joues se teintent de rose, un rose Schiaparelli.

Anaïs pénètre dans l'établissement et s'impose entre eux. La fille fait mine d'être hélée par un client. Anaïs plante son regard dans celui d'Antonin. Il a l'air surpris par son apparition. Elle respire sa présence retrouvée. Oublie instantanément ce qui lui a paru insupportable ailleurs.

Elle lui dit :

Le serviteur est muet, mais vous, vous m'avez l'air bien bavard !

Ah oui, fait-il d'un ton badin. Je ne pouvais être présent à l'heure du thé, je travaillais sur le texte de mon Héliogabale.

Vous avancez ? C'est super ! Vous en êtes à quel passage ?

Antonin fronce sa bouche et répond :

Celui où il pénètre dans Rome en apportant avec lui un pénis de la taille d'une baleine sur un chariot tiré par trois cents jeunes filles aux seins nus. Mais, à part ça, mon éditeur pense que c'est le premier empereur féministe et que ça va être un argument du tonnerre pour vendre le livre…

Anaïs se met à rire.

Et avec cette fille blonde ?

Oh ? Elle ? Je demandais simplement à Violette s'il ne lui restait pas une tartelette à la framboise.

Anaïs roule des yeux interrogateurs.

Elle s'appelle Violette, elle est blonde, et vous lui parliez de framboise ?

Oui, constate-t-il. Parfois la vie part tellement dans tous les sens que c'est épuisant pour tout le monde.

Et la tartelette ?

Eh bien quoi ! J'avais envie d'une tartelette à la framboise. Elle est magique, ici. Dans les autres établissements, ils la laissent trop longtemps végéter dans le carton du pâtissier. C'est une grossière erreur, parce que le carton ne résiste pas à l'humidité et contamine sa fadeur à la tartelette. Vous voyez le topo ?

Anaïs fait une moue admirative et dit :

Et vous, donc, vous avez pour projet d'échapper à la contamination par la fadeur. Parce que, dans votre ordre de préférence des contaminations, vous avez choisi la peste, c'est ça ?

Antonin la regarde d'un air conspirateur.
La peste est une formidable impulsion pour la création, la création et la peste ont la même dynamique, tandis que la fadeur…
La fadeur ?
Eh bien, la fadeur affadit, conclut-il bizarrement avant d'ajouter dans un nouvel élan : Mais là, j'avais juste envie d'une tartelette à la framboise qui n'ait pas un goût de carton.
Anaïs approuve d'un hochement de tête.
Dites, je me demandais, ça vous dirait qu'on aille se promener sur les quais de Seine ? La soirée est belle, j'avais envie de marcher un peu, et je me suis dit, il y en a un autre sur cette planète qui adore marcher dans Paris.
Et cet autre, c'est moi ?
Oui.
C'est vrai, fait-il en la contemplant, j'adore marcher avec vous, Anaïs.

*

Ils quittent le café des Deux Magots, prennent la rue Bonaparte, puis la rue des Beaux-Arts pour rejoindre la Seine. Au niveau de l'hôtel des Beaux-Arts, Antonin remarque :
C'est dans une des chambres de cet hôtel qu'est mort Oscar Wilde…

Je ne savais pas, reconnaît Anaïs. Il est mort de quoi au juste ?

Oh, à la fin, il vivait une vie de débauche.

Antonin ajoute :

Comme nous !

Anaïs étouffe un petit rire et rétorque :

Ah ? Mais je ne savais pas que vous viviez une vie de débauche.

Si, si. À ma façon. J'ai la débauche discrète. Bien sûr, si je vivais la débauche au grand jour, je deviendrais fou. Comme l'empereur Héliogabale !

Et vous ne vous en sentez pas héliocapable ?

Mmmmh. Vous êtes une marrante. Si, figurez-vous, je me sens tout à fait capable. D'ailleurs, dans les temps que nous vivons, seuls les gens sensés sont capables de devenir fous.

Donc, vous commencez à devenir fou ?

Oui. Tout à fait. La société des hommes devient complètement folle, et si je veux rester dans la course, je n'ai d'autre choix que d'agir sous ma casquette comme Van Gogh l'a fait sous son chapeau de paille. D'ailleurs, j'ai trouvé comment.

Comment ? interroge-t-elle.

En devenant fou de vous.

Elle baisse les yeux sur les pavés pour cacher sa rougeur soudaine et son sourire en continu.

Ils empruntent une volée de marches qui les mène directement sur les quais. Face aux eaux sombres et agitées de la Seine, la scansion des réverbères les enveloppe d'une lumière couleur rouille. Ils dépassent l'île de la Cité, Notre-Dame sur leur gauche. Tout à coup, ils sentent des ombres se profiler dans leur dos, des silhouettes qui dansent, les épient, leur tournent autour, à la limite de l'encerclement. Une demi-douzaine de jeunes personnes, filles et garçons, qui ont pris possession des quais. Leurs visages granités portent des rictus dont aucun élan de sympathie partagée ou de fausse complicité apaisante ne pourrait venir adoucir le fiel.

Qu'est-ce qu'ils nous veulent ? demande Antonin dans un regard halluciné.

Anaïs répond :

Au vu de leur accoutrement, ils m'ont tout l'air d'étudiants du bal des Quat'z'Arts.

On dirait plutôt les gorgones de Notre-Dame ! Ces foutues gorgones qui, la nuit venue, descendent de leurs perchoirs de pierre et détroussent les promeneurs. Ça m'est déjà arrivé une fois. J'ai dû les combattre.

Elles les détroussent de quoi ?

De leurs rêves, bien sûr. C'est quoi, le bal des Quat'z'Arts ?

Une fête étudiante.

Ah, s'inquiète Antonin, toute fête étudiante réclame un sacrifice. Ils vont tenter de nous foutre à l'eau ou, pire encore, nous brûler comme des sorcières. Laissez-moi les chasser à coups de pied. Pour vous protéger.

Elle sourit.

Ils sont trop nombreux. Et puis ce sont des étudiants, ils sont bien trop grands pour que vous vous attaquiez à eux.

Hum.

Allez, Antonin, fuyons ces mauvais plaisantins.

Elle lui prend la main, se met à courir follement sur les quais. Il se laisse emporter, guider par sa grâce et sa volonté.

Il s'écrie :

Vous n'avez pas les chaussures adéquates, vous allez les bousiller !

Oh, dit Anaïs, une fille a toujours les chaussures adéquates pour s'enfuir.

Ils parviennent à distancer la bande d'étudiants qui a préféré harceler un autre couple au hasard, de nouvelles victimes de leur frivolité cruelle. Anaïs et Antonin reprennent leur souffle sous l'alcôve d'un pont, au pied d'un amas de barriques et d'une tente de fortune.

Antonin dit, avec regret :

On aurait pu venir en aide aux autres promeneurs…

Elle répond :

Nous ne sommes pas des vengeurs masqués. Même si, je l'avoue, nous ferions un beau duo de vengeurs masqués. Vous, l'oiseau de nuit, la chauve-souris, et moi, la chatte de gouttière.

Dans une autre vie, alors, approuve-t-il. Car je crains que dans celle-ci le chat ne fasse qu'une bouchée de l'oiseau.

C'est vrai, dit Anaïs en se rapprochant de lui, faites très attention, je serais capable de vous dévorer de baisers.

Ils mêlent fougueusement leurs bouches. Le velours et l'incise. La prise et l'abandon.

C'est un baiser extatique et violent, dans lequel ils prennent possession l'un de l'autre tout en s'abandonnant. Antonin interrompt leur étreinte pour dire, pris par une extraordinaire émotion :

Je suis en train de vivre le plus grand moment de ma vie.

Elle est attendrie, mais ne peut s'empêcher de rire.

Je vous dis que je suis en train de vivre le plus grand moment de ma vie et ça vous fait marrer ?

Pardon, dit-elle avec tendresse. Vous savez ce que dit Alle de vous ?

Antonin grimace.

Vous avez le chic pour convoquer votre psychothérapeute dans les meilleurs moments…

Il prétend que vous êtes le spécialiste des actes impulsifs et des paroles irréfléchies.

Antonin se rembrunit.

En fait, se défend-il, c'est tout le contraire. Je réfléchis trop à tous les actes à ma disposition, et à la fin, pressé par le monde extérieur comme par la pression sanguine du temps qui passe, je suis obligé d'en choisir un.

Il observe un court silence, puis lui demande :

Mais, vous aussi, vous n'arrêtez pas, dans tous les miroirs où vous passez, de réfléchir l'irréfléchi, de bifurquer d'une possibilité à une autre, de rencontre en attraction, quand est-ce que…

Quand est-ce que je deviens raisonnable ?

Après tout, vous venez d'avoir trente ans.

Elle souffle par le nez.

Je ne veux pas enfermer ma vie dans un carton de pâtisserie. Je ne veux pas être contaminée par la fadeur, me réveiller un matin et que tout ait un goût de carton.

Antonin demande :

Et comment vous y prenez-vous pour éviter que tout ait un goût de carton ?

J'embrasse à pleine bouche.

Une nouvelle fois contre lui, ils mêlent leurs bouches avec passion. Elle se défait un peu de la pression qu'exerce Antonin sur son corps encore endolori après la séance avec Alle. Antonin relâche son étreinte, mais pas la puissance de leur baiser. Dans ce baiser, il éprouve toute la fragilité de sa silhouette et la solidité de son parfum. Il dit :

Je n'ai en mon pouvoir que des baisers pour vous tenir en place. Pour vous fixer dans ma vie, vous qui n'êtes qu'évanescence. Je crois que vous m'envoûtez, Anaïs. Vous m'envoûtez sérieusement. Si cet envoûtement dure, j'en perdrai ma liberté.

C'est idiot, répond-elle. Un baiser est justement fait pour gagner en liberté.

Se sentant observée, elle se tortille entre ses bras, s'en dégage pour désigner une ombre sous le pont :

Il y a un type, là-bas, qui nous observe.

Oh, celui-là, tempère Antonin, je le connais. C'est le père Latoile.

Qui ça ?

Un clochard, si vous préférez. Quand j'étais enfant, il y avait un vieil homme qui marchait dans les rues du village de Bures, il portait une longue barbe grise et blanche qui lui allait jusqu'au genou, et chaque fois que nous le croisions, mon père lui lançait toujours : « Eh salut, père Latoile ! » Le vieux lui rendait son salut sans comprendre sans doute l'origine de cette appellation. Je ne pourrais vous la fournir moi non plus. Bures, c'est sur la route qui passe à Bougival et Louveciennes, la route des quarante sous. Nommée ainsi par les soldats de Napoléon. Parce que Napoléon leur avait promis quarante sous s'ils allaient au bout de la route. Moi, je ne sais pas où va aller tout l'amour que j'ai pour vous. Allez, venez Anaïs, marchons déjà jusqu'au prochain escalier.

Ils s'éloignent en silence. Au bout de quelques mètres, il laisse échapper :

C'est formidable d'être avec vous. Je me sens enfin hors de ma tête.

Elle le regarde, s'assombrit et lui dit :

Je ne voudrais pas vous faire de peine.

C'est-à-dire ?

J'ai besoin d'une place forte pour vivre toutes les vies qui s'offrent à moi.

Et votre place forte, c'est Louveciennes ?

Oui, confirme-t-elle dans un soupir, soulagée qu'il comprenne où elle veut en venir. La tendresse d'Hugo, la sécurité qu'il me procure, sont ma place forte.

Antonin demande :

Et l'Américain ?

Henry est la plupart du temps mon âme sœur, et parfois un faux frère. Nous avons besoin l'un de l'autre. Besoin de savoir l'un et l'autre que nous arpentons le même monde à la même seconde.

Et moi dans tout ça ? Pourquoi êtes-vous restée avec moi après la conférence, et ce soir, venir me trouver aux Deux Magots ? Je croyais que…

Il marque un silence, décide au dernier moment de laisser tomber la fin de sa phrase dans une impasse.

Je ne comprends pas. Suis-je l'énième caprice de vos désirs ?

Elle avoue :

J'ai rêvé de vous. Vous me hantez.

Il laisse l'intensité de son aveu corrompre l'air qu'il respire. Jusqu'à l'étouffement. Puis il articule, faiblement :

Je suis ravi d'être rêvé.

Avant d'ajouter :

Moi aussi, j'ai pensé à vous pendant l'écriture de mon livre. C'est aussi fort que rêver, n'est-ce pas ?

Oui, ça en a sans doute la même valeur. Mais… cet amour que j'ai pour vous est une vie possible qui vit déjà sans nous… Je ne sais pas comment exprimer cela. J'aimerais être libre sans jamais blesser personne. Vous savez, la véritable question, ce n'est pas être ou ne pas être, mais blesser ou ne pas blesser. Être soi, suivre son motif, vivre ses désirs, cela sans blesser les êtres auxquels on tient le plus. Dès que je pense que je pourrais blesser Hugo, Henry, vous tout aussi bien, eh bien me voilà inhibée, en proie à l'incertitude et au chagrin. Et surtout, je sens que toutes mes possibilités sont mises en cage. Vous voyez, finalement, c'est moi l'oiseau.

Il demande :

D'où l'écriture ? D'où votre journal, dans lequel vous vivez à votre guise et sans contraintes ?

Sans doute, admet-elle. Vous avez raison. Tout s'y amorce et s'y résout.

Antonin suit des yeux le passage d'une péniche qui contourne l'île Saint-Louis, selon un tracé aussi inéluctable que celui d'un tronc mort.

Oui, mais coucher sur du papier sans que personne vous lise revient au bout du compte à coucher dans un lit avec personne.

Non. Je ne crois pas. Cela dépasse l'habileté de votre formule. Et je ne comprends pas pourquoi les hommes que je rencontre, tous sans exception, veulent me faire renoncer à ce journal, désirent me posséder et en même temps me déposséder de l'écriture.

Antonin ne répond pas à la question posée, il s'emballe à nouveau :

Si nous partions tous les deux ? Dites oui ! Ensemble nous serions indestructibles. Vous n'auriez pas besoin d'autres amants puisque je suis un homme de théâtre, je pourrais jouer tous les rôles, et avec moi vous pourrez être qui vous voudrez.

Elle répond d'un air désolé :

C'est tentant. Mais j'ai décidé de m'être fidèle. Et la fidélité à soi exclut la fidélité aux autres.

Un jour, vous vous fatiguerez. De vous laisser séduire, captiver, d'avoir le ventre qui brûle en espérant revoir telle personne le plus rapidement possible, un jour vous vous lasserez de tout ça, cette vaine comédie, vous vous retournerez et vous serez seule et misérable, avec votre immense journal pour sécher vos larmes.

Alors, répond-elle, c'est que je serai devenue vieille.

Votre journal, dit-il assez brutalement, c'est du papier toilette pour l'âme.

Peut-être, dit-elle en le dévisageant.

Ils marchent un moment sans échanger une parole. Antonin comprend que la moralité du réel ne fonctionne pas avec Anaïs, qu'elle vaut mieux que toutes les morales que l'on peut déduire de la réalité, alors, parce que seul le rêve la rend joyeuse et qu'il se délecte de cette humeur qui la rend si désirable, il chasse au loin sa rancœur amoureuse et revient à l'utopie de fuir ensemble.

Vous savez ce qui serait sensationnel ? C'est que nous partions en Amérique. On volerait une voiture.

Ah non ! dit Anaïs en se prenant immédiatement au jeu, si nous sommes en Amérique, nous achetons une voiture. En Europe, OK, les gens prennent leur plaisir à usurper ou à piller, mais en Amérique le plaisir est dans l'acte d'acheter.

Très bien ! Comme vous voudrez. Alors voilà, on achète une voiture, on traverse le pays d'est en ouest, jusqu'à la Californie, et sur la route on cambriole des banques. Anaïs et Antonin, le couple fatal, recherché par toutes les polices du Midwest, qu'est-ce que vous en dites ?

J'en dis que le couple est déjà une prison, et en plus vous voulez qu'on nous jette en prison. Pas la peine d'acheter une voiture si c'est pour faire du surplace !

Antonin capitule.

J'aimerais juste que vous partagiez mon exaltation.

Elle fait signe de la tête que oui. Il libère ce qu'il a sur le cœur :

Au départ, quand nous nous sommes rencontrés, j'ai cru que vous m'aviez accordé une attention particulière, exceptionnelle.

Je ne veux pas vous faire du mal, vous blesser inutilement. Peut-être que j'ai été très égoïste de penser à vous avec autant de désir et de m'arrêter ensuite comme au bord d'un précipice, sans pouvoir aller plus loin ; très égoïste ce soir de courir vers vous, le cœur battant, à vous chercher dans tout Saint-Germain-des Prés, puis de me contenter de nos baisers et de ne pas pouvoir répondre à vos besoins de renaissance, monsieur le condottiere, de renaissance dans l'amour. C'est ce qui nous différencie, je crois. Ce qui nous différencie du commun des autres, c'est que nous acceptons de vivre le moment présent si nous y sautons tous les deux à pieds joints. Mais là où nous sommes différents vous et moi, c'est que moi je vis le moment présent sans tout remettre en cause, tandis que vous, vous jouez votre va-tout, la totalité de ce que vous possédez, dans l'émotion du moment. Je n'ai ni ce courage, ni cette inconscience.

Antonin paraît profondément peiné de ce qu'il vient d'entendre. Puis, contre toute attente, il s'exclame :

Une rencontre !

Oui, dit-elle en approuvant. Notre rencontre. Pure et passionnée.

Non, je voulais dire, il ne nous reste qu'une rencontre, une seule, pour qu'il se décide quelque chose d'extraordinaire.

Encore plus extraordinaire qu'un baiser ?

C'est la huitième ce soir. Vous ne gâcherez pas la dernière, j'espère.

Anaïs soupire. Elle propose :

Venez à Louveciennes la semaine prochaine. J'organise une party pour fêter l'arrivée des beaux jours. Enfin, les beaux jours dans les années sombres, pour être exacte. Si, selon votre prophétie, nous ne devions pas nous revoir ou tomber dans la banalité, l'indifférence dans nos rapports après cette neuvième rencontre, ce serait dommage que vous n'ayez pas eu le privilège d'admirer le jardin et l'aquarium, après tout le mal que vous vous êtes donné pour me trouver des cailloux.

Antonin décoche un fin sourire.

C'est d'accord, je viendrai. Ce qui vous donne une semaine pour faire vos bagages dans votre tête.

Je voyage toujours léger, dit-elle.

Sa remarque l'a irrité. Après un silence, il dit, sur un ton vif :

Bon, il faut que je file maintenant. J'ai répétition.

Du théâtre ? s'étonne-t-elle. À cette heure ?

Oui. Remontons jusqu'au boulevard Saint-Germain, je vous hélerai un taxi. J'ai de grands bras, autant m'en servir, et puis je m'en voudrais de vous laisser en proie aux étudiants de la Sorbonne et aux gorgones de Notre-Dame.

Après avoir mis Anaïs dans un taxi, Antonin franchit le fleuve et remonte à pied une partie de la rive droite vers Montmartre, en direction du théâtre des Bouffes-du-Nord. Sous ses pas, les vitrines infinies de la nuit se réfléchissent dans les ruisseaux d'eaux usées. Métro Anvers, une succession de pubs à hôtesses déploie son cortège immobile de filles en talons hauts, perchées sur des tabourets de bar. À son passage, l'une d'elles toque au carreau dans un geste souverain pour l'attirer à l'intérieur. Il sursaute, frémit, hésite. Puis il quitte le giron des bars glauques, fredonnant une chanson qui fait : « You're just a little girl with grey eyes / Oh, wait until the crowd cries ». Il bifurque boulevard de Rochechouart, s'engouffre dans un tissu de venelles obscures, pousse une porte verte qui plonge directement sur un escalier abrupt dont les marches conduisent à un faisceau de caves voûtées. Les yeux emplis d'aube brumeuse, il finit la nuit dans un établissement clandestin où des matelas gisent à même le sol, une fumerie d'opium.

9. W(h)en (juin)

Sous la verrière de la gare Saint-Lazare, dans l'atmosphère où Claude Monet a posé son chevalet, les charpentes de fer, la fumée et le tumulte – son cœur est à l'image des toiles du Parlement de Londres, dans les brumes du ravissement et du mystère –, Antonin est de nouveau plongé dans la contemplation d'une affiche de théâtre. La même qui lui a sauté aux yeux en chemin, lors de sa première rencontre avec Anaïs ; l'affiche de la pièce qu'il a désertée, à la suite du meurtre d'un oiseau marin – selon son terrible verdict. Et voilà ce qui le stupéfie : ajouté sur un bandeau en énormes caractères en travers de l'affiche : PROLONGATIONS. La saison suivante, dès septembre, il y aura de nouvelles représentations. La pièce est un succès. Elle se joue sans lui. Le succès se joue de lui. À force de fixer la réclame pour la pièce, il manque le panneau des horaires de train. Celui pour Louveciennes. Les deux minutes de délai pour embarquer avant l'heure de départ appartiennent déjà au passé, le quai lui est interdit, le train du début de soirée s'ébroue sur toute la longueur de la voie. Est-ce qu'il y en a un autre ? Le chef de quai le dirige d'un air bonhomme vers le guichet des renseignements.

Le voici encore et toujours salle des pas perdus, il fend la petite foule vive et pressée des voyageurs du soir, la mélasse grise d'épaules et de mouvements, et son regard accroche une silhouette familière. Frêle, hésitante, tout aussi perdue que lui, dans ce trafic insensé de signes, de chiffres et d'horaires. À mesure qu'il s'approche, il peut mettre un nom sur son visage. La jeune femme qui travaille à la fumerie d'opium. Wen. Il l'appelle. Wen ! Wen ! Tu te souviens de moi ? Elle sourit, avec cette politesse asiatique un brin désincarnée qui semble n'avoir pas d'objet, qui paraît être la première réaction à l'altérité alors qu'ici, à Paris, c'est la violence et l'insulte qui sont devenues les réflexes de base ; la faute à la brutalité des rapports, à l'égoïsme des gens, à leur manque d'éducation et de délicatesse, à la disparition de la bonté de la même manière qu'on peut regretter la disparition des oiseaux.

Si on les obligeait à lire de la poésie, estime Antonin, entre 21 heures et 22 heures tous les soirs, cela dépolluerait leurs têtes. De la poésie chinoise par exemple, ou des haïkus japonais.

Soir, gare Saint-Lazare
Petite foulée imprécise
Wen ! Je cours vers toi.

Wen ! Wen ! Qu'est-ce que tu fais ici ?

Elle le reconnaît, l'identifie comme un client régulier de la fumerie d'opium. Un de ceux qui ne lui font pas peur. Un des hommes qu'elle aime bien. Beaucoup, même. Elle lui dit qu'elle attend le train, qu'elle se rend à La Garenne-Colombes pour une entrevue avec le grand-oncle. À vrai dire, ce n'est pas vraiment son oncle. C'est la manière dont il se fait appeler. Elle se tourne à demi pour montrer le baluchon marin qu'elle porte sur son dos et dont les deux lanières ficellent son épaule. Elle prétend qu'elle va donner l'argent qu'il contient au grand-oncle. L'argent en échange de sa liberté. Elle a enfin pu mettre de côté suffisamment pour le prix de sa liberté.

Antonin ouvre de grands yeux incrédules. Il ne demande même pas si elle le fait marcher ou quoi. Vous faire marcher, salle des pas perdus, un comble ! Il croit d'emblée au récit. Il croit aux récits qu'il trouve séduisants. C'est d'ailleurs ce qui l'a instantanément rapproché d'Anaïs, à égalité avec sa beauté, le choc de sa beauté, l'attraction physique qui, sans l'engouement d'un récit clair ou mystérieux, irrésistible et séduisant, n'est qu'une mécanique morte. Il demande :

Je peux venir avec toi ?

Wen lève sur lui des yeux interrogateurs.

Il dit, pour plaider sa cause :

Moi aussi, je voudrais acheter ma liberté. Moi aussi, je voudrais qu'on me la rende.

Elle hésite entre le prendre pour un fou et dire oui. Elle a toujours aimé le voir surgir en bas des marches raides, derrière la porte verte, au milieu de la nuit. Il est plus délicat que les autres. Il a l'air malade de l'opium et l'opium ne le modifie pas. Il habite cette frontière où l'opium le détruit en même temps qu'il recharge ses batteries. C'est une frontière particulière, sur laquelle existe un tout petit territoire, pas plus grand qu'une pièce de monnaie. On peut y vivre cent ans, à deux peut-être, si on sait se faire tout petit, si on ne laisse pas la vanité, l'envie et l'attraction du monde extérieur vous déborder.

Il insiste :

Tu permets que je vienne avec toi demander ma liberté au grand-oncle ?

Il guette une réponse, étudie le visage de Wen. Il est frappé par sa beauté. Le genre de beauté qui joue à cache-cache avec un visage. On n'y prête qu'une faible attention au départ, et puis tout à coup, par enchantement, détourner les yeux est une punition, s'en éloigner une blessure.

C'est d'accord.

Wen dit oui. Le train est à quai. Il est encore temps.

*

Ils marchent tous les deux le long de la voie de chemin de fer qui sépare Bois-Colombes de La Garenne-Colombes. Se dirigent vers le secteur des Vallées, les bâtiments de l'usine Peugeot où sont fabriqués les coupés et les berlines, puis les gigantesques hangars où sont stockés les véhicules qui arrivent directement des ateliers de Sochaux. Des groupes d'ouvriers en bleu de travail – une équipe de nuit –, adossés aux murs de la fabrique, fument des Gauloises sur leur passage, jettent un œil amusé, perplexe ou suspect à cette harde composée de deux individus qui tranche avec l'habitat traditionnel : un grand type lugubre et une petite Asiatique qui traversent la zone d'un pas rapide.

Antonin lui demande :

C'est quoi le prix ?

Wen lève le plat de la main à hauteur du sommet de son crâne et dit :

La taille que tu fais. En liasses.

Merde, fait Antonin. Je suis grand.

Oui, dit-elle d'un air embêté. Pour toi, c'est plus cher.

Ils contournent deux blocs de toitures à redans, s'enfoncent dans la pampa grise et peu rassurante d'herbes folles, de morceaux de voies ferrées qui ne vont nulle part, de bâtiments désaffectés aux vitres caillassées.

Ce n'est pas loin maintenant, dit Wen. Juste derrière le shed.

Le ciel de juin commence à se marbrer de bleu foncé et d'orange. Le vent se lève. Sous leurs pieds, il faut sans cesse faire attention pour ne pas trébucher sur un débris de verre ou un bout de ferraille dévoré par la rouille. Wen avance dans des ballerines défoncées, sa légèreté l'empêche de s'embourber là où certaines parcelles sont marécageuses : l'empreinte de la Seine qui les encercle de ses boucles, avec la grâce et la vaillance du serpent à plumes.

Usines, danse aztèque
Furtif dans les fourrés
Garenne égaré.

Oh, un lapin ! s'écrie Antonin, il n'y a plus qu'à voir apparaître une colombe.

C'est moi, la colombe, dit Wen dans un sourire en poussant de sa main une lourde porte métallique, qui cède avec l'aide d'Antonin.

Ils font irruption dans un immense hangar. Le lieu est baigné d'une lumière verdâtre, comme si un artisan avait fabriqué une lampe à l'intérieur d'une bouteille d'absinthe. Ils traversent des nuages âcres et stagnants, composés d'encens et de fumée de cigare, qui leur piquent les yeux. Bientôt, face à eux, un chesterfield pouilleux sur lequel un septuagénaire au crâne rasé est en train de faire une partie de cartes avec deux jeunes hommes en costume, installés tels des faucheux sur des chaises pliantes. Debout, derrière le canapé, une femme occidentale, vêtue d'un qipao rouge, tend un cendrier rond en cristal au bord duquel l'homme au crâne rasé fait tomber avec une délicatesse inattendue la cendre d'un énorme cigare.

Antonin constate à voix basse :

Une Occidentale en qipao, un grand-oncle chinois et un cigare cubain… Parfois la vie part tellement dans tous les sens que c'est épuisant pour tout le monde.

L'un des jeunes hommes se lève de sa chaise pliante et leur fait signe d'approcher. Le grand-oncle s'adresse à Wen en mandarin. Un débit de paroles impressionnant, coupé par de tonitruants accès de toux, avec des silences plus ou moins longs entre ces deux événements, la toux et les mots, de la même manière que le grondement de l'orage et l'impact de la foudre frappent la terre. Les phrases sont vives, précipitées, tranchantes. Tout autant du côté de Wen, ce qui n'est pas pour rassurer Antonin. Il se dit que peut-être les Chinois ne peuvent faire autrement que de crier pour converser aimablement, un peu comme les Suédois. Une fois, il a eu une liaison avec une Suédoise, et elle lui criait si fort dessus qu'il pensait qu'elle l'engueulait en permanence, mais non, elle l'aimait sincèrement.

*

Les échanges verbaux entre Wen et le grand-oncle semblent de plus en plus inconciliables et tendus. L'un des acolytes vient s'emparer assez brutalement de la besace que la jeune femme porte sur l'épaule. Antonin esquisse un mouvement de protection. Le grand-oncle éructe à nouveau un jet d'imprécations, il y a un silence anxieux, et soudain, Wen se met à rire. Un rire cristallin qui fait découvrir à Antonin que le bâtiment possède une verrière sur toute une pente de sa toiture, un rire qui monte au ciel par soubresauts ainsi qu'un ballon gonflé à l'hélium.

Querelle indistincte
Son rire au-dessus du monde
Une nuée d'oiseaux

Qu'est-ce qui se passe ? chuchote Antonin avec appréhension.

C'est le grand-oncle, explique Wen. Il me fait tellement rire. Il demande si nous allons nous marier.

Antonin fronce les sourcils.

Dis-lui que le mariage est un sacrement !

Après traduction, le grand-oncle à son tour est pris d'un fou rire, rapidement rattrapé par une quinte de toux.

Antonin réfléchit. Encore ces mille possibles qui lui traversent la tête, encore Hercule à l'orée des chemins, encore les vies qu'il pourrait vivre s'il parvenait à se décider pour une seule sans avoir l'impression de se couper à jamais des autres. Il prend la parole :

Dis au grand-oncle que je suis prêt à me marier avec toi si c'est le prix pour ma liberté.

Wen le regarde avec surprise.

C'est oui, insiste Antonin. Si je sors d'ici aussi libre que toi.

Wen traduit en mandarin. Le grand-oncle réfléchit à son tour. Dit quelque chose sur le même ton autoritaire.

Il voudrait savoir, explique Wen, si tu as de l'argent.

Antonin dit que non. Qu'il est un poète. Qu'il sait comment s'y prendre pour en dépenser, mais jamais comment faire pour en gagner.

Une nouvelle fois, la traduction fait s'esclaffer le grand-oncle et ses sbires. Cependant, les deux jeunes Chinois sont précautionneux, ils rient sur des charbons ardents, font attention à ce que leurs éclats ne dépassent ni en longueur ni en intensité ceux du maître. Le grand-oncle retrouve son sérieux, marmonne à nouveau.

Qu'est-ce qu'il a dit ?

Il dit que tu dois donner quelque chose. Tu ne peux pas venir jusqu'ici parler au grand-oncle et repartir toi et ta liberté sous le bras sans avoir donné quelque chose en échange.

Antonin baisse les yeux. Cherche une solution au problème. L'une de ses mains blanches s'immisce doucement dans la poche de son manteau, ce qui met les deux jeunes Asiatiques sur leurs gardes, mais rapidement, pour dénouer tout malentendu, il extirpe avec lenteur et précaution la visière puis la toile de sa casquette des New York Yankees. Il la déplie, fait cinq pas en avant et la tend au grand-oncle. Celui-ci la prend avec un air interloqué. Alors, la femme occidentale moulée dans le somptueux qipao en soie rouge s'approche, met sa main en conque à l'oreille du vieux maître et lui explique de quoi il retourne. Ce dernier ausculte l'objet, laisse échapper un « hum hum » qui se situe quelque part entre la curiosité et la satisfaction, et décide de s'en coiffer. Il y a un silence anxieux. Irrespirable. Depuis combien de temps – trente secondes ? trois minutes ? – cela dure ?

Le grand-oncle finit par ôter la casquette et lance une nouvelle volée de paroles à l'attention d'Antonin. Wen traduit :

C'est bon. Nous sommes libres. Vous et moi. Nous pouvons partir ensemble.

Ensemble ?

Oui.

Ils quittent l'entrepôt et font le chemin inverse en silence. Se tenant parfois la main pour ne pas trébucher. La nuit est pratiquement tombée. Étoiles hautes dans le ciel, celles qui n'ont pas le droit de comparaître à Paris et qui étendent leurs branches au-dessus de Croissy, Villennes, Asnières et La Garenne, de la même manière qu'on se délasse en étirant les bras. Wen et Antonin se guident aux lumières ambrées de la gare des Vallées, de sa passerelle, spectrale et imposante, qui fait le lien avec Bois-Colombes. Antonin hésite en passant devant la borne de taxis, il y en a deux, un dont le moteur tourne. Le train pour Paris est affiché à l'entrée en gare dans une dizaine de minutes. Dans une impulsion, il prend les mains de Wen, la regarde dans les yeux, lui dit qu'il a quelque chose d'important à faire ce soir, mais que si elle veut bien il la retrouvera dans la nuit, à la fumerie d'opium ou ailleurs, où elle veut, si elle le veut bien, il la retrouvera ensuite.

Wen réfléchit, puis secoue une fois la tête de manière affirmative. Pour dire oui, qu'elle veut bien. Elle dit où. Pas la fumerie d'opium, non, autre part. Elle donne un nom de café, dans un quartier perdu. Antonin paraît soulagé. Il la quitte, va toquer à la portière du taxi dont le moteur tourne, demande s'il est possible d'être conduit à Louveciennes. De toute urgence.

Pas de problème, fait le chauffeur. On y sera dans une trentaine de minutes en coupant par le cimetière, puis en rejoignant Nanterre, Rueil et Bougival.

Oui, dit Antonin, je connais, c'est la route des quarante sous.

C'est ça, confirme le chauffeur, avant d'ajouter d'un air espiègle : mais ne vous en faites pas, jeune homme, la course vous coûtera moins cher que quarante sous !

*

Anaïs n'a pas vu le temps passer. Les fenêtres du séjour sont restées ouvertes sur le jardin, et la nuit a fini par rappeler les convives à l'ordre. D'humeur joyeuse, Hugo a proposé que toute la bande termine la soirée en allant boire un verre à Paris. C'est sympa, a-t-il ajouté, comme ça on pourra raccompagner nos amis parisiens. Henry, en premier lieu. Est-ce qu'Hugo a remarqué qu'Anaïs et Henry traînaient un peu trop au jardin, s'embrassaient dans les taillis – les charmes des jardins à l'anglaise. Henry lui a dit :

J'ai lu dans le *Don Juan* de Byron une phrase qui m'a fait penser à toi. « Après tout, qu'est-ce qu'un mensonge ? La vérité sous un masque. »

Anaïs a applaudi d'un sourire qui a valeur d'acquiescement. Elle resplendit ce soir, vêtue d'un qipao rouge. Elle s'est procuré ce vêtement chinois après avoir vu Marlene dans *Shangaï*

Express au cinéma de Saint-Germain-en Laye. Hugo et elle y sont allés avec le couple de voisins, Pauline et Édouard. Anaïs a intrigué pour être assise à côté de Pauline, pouvoir s'enivrer de son parfum – elle a été un peu déçue, parfum quelconque – et surtout pour être en position de contempler ses jambes superbes dans l'obscurité, jambes tout à coup révélées au gré des lumières plus intenses réfléchies par l'écran, si bien qu'elle n'a pas beaucoup suivi la trame du film, rien que Marlene par fulgurances et ce vêtement chinois près du corps qui l'a immédiatement séduite.

Pauline et Édouard étaient d'ailleurs présents ce soir à la petite party de Louveciennes, Henry a fait semblant de s'intéresser à Pauline exprès pour agacer le mari, et puis Anaïs, et puis… bref, pour agacer tout le monde comme à son habitude et se montrer irrésistible la seconde d'après. Pauline a demandé assez candidement : « Le docteur de la dernière fois ne vient pas ? », et Anaïs a posé une main devant sa bouche pour étouffer un « Oh ! » trop sonore, elle a complètement oublié ce bon vieil Alle, qui a dû l'attendre, car nous sommes jeudi, à la sortie du métro Poissonnière, avec son fouet dépassant de son cabas tel un poireau. Pauvre Alle !

Et l'autre monsieur ? Le poète. Comment va-t-il ? Est-ce qu'on peut lire quelque chose de lui ? Un nouveau livre ?

Antonin… Que fabrique Antonin ? a pensé Anaïs en allant chercher des bougies à la cuisine. Et puis Henry est venu lui mettre la main sur les yeux, l'embrasser dans le cou, souffler les bougies à peine allumées, et plonger la cuisine dans l'obscurité pendant une petite dizaine de minutes féériques.

*

Dans le taxi, sur la route de Rueil et de Bougival, Antonin n'a pas arrêté de s'agiter sur son siège, anxieux de rejoindre Anaïs au plus pressé. Cette fille est différente de toutes celles qu'il connaît. Il a toujours envisagé les femmes comme des créatures indépendantes, qui avancent dans la vie avec un certain flegme ou une grande volonté, qui parviennent toujours à transformer le manque d'assurance en un détachement assez redoutable. Ce qui leur arrive, arrive, mais il aurait très bien pu leur arriver autre chose, et elles auraient pris ce chemin avec la même efficacité, le même détachement. Et pour celles qui étaient en couple et qui pourtant s'intéressaient à lui, il y avait toujours un moment où elles se détachaient de cette attirance, reprenaient leur indépendance vis-à-vis de l'instant, parlaient beaucoup de leur mari ou vous isolaient, vous faisant comprendre que vous n'étiez que le passager d'un moment dans lequel elles aussi se trouvaient, malgré elles, prisonnières du récit d'une rencontre.

Mais Anaïs n'est pas comme les autres filles. Quand elle est avec vous, quand elle s'intéresse à vous, elle est entièrement dans le moment, dans le typhon de l'attraction. Comme si elle vous faisait l'amour. Quoiqu'à y réfléchir ce n'est pas à vous qu'elle fait l'amour, mais à l'instant. Il pourrait lui dire : « Je vais me marier. Vous êtes mariée à Hugo. Nous allons être ainsi à égalité, et n'aurons plus d'excuses pour ne pas fuir ensemble. »

Le taxi passe le château de la Petite Malmaison, retrouve la Seine à l'entrée de Bougival et bifurque vers les hauteurs de Louveciennes. Quand il arrive rue de Montbuisson, Antonin ouvre précipitamment la portière du taxi et implore le chauffeur de l'attendre. Or, à son grand étonnement, le portail qui donne sur la cour intérieure est ouvert et trois voitures en sortent à la queue leu-leu. Le bruit des pneus sur les graviers, les appels aux libations et à la joie, l'entrain qui fuse des habitacles. Stupéfait,

Antonin s'écarte et reste figé sur le bord de la route, laissant passer les voitures. Il reconnaît dans la deuxième Hugo et le couple de voisins à son bord. Dans le troisième et dernier véhicule, Anaïs est à moitié sur les genoux d'Henry. L'Américain a passé le bras autour de son cou, l'air passablement éméché. Des propos incompréhensibles se brouillent à son sourire béat, le tout vacille au coin des lèvres. De son côté, Anaïs a un drôle de pressentiment, elle demande au chauffeur de freiner, ouvre grand sa vitre, passe la tête au travers et aperçoit Antonin se tenir, pétrifié, sur l'étroite chaussée.

Elle s'écrie :

Vous arrivez seulement maintenant ?

Il fait oui d'un mouvement de tête.

On part boire un verre à Montparnasse, vous nous y retrouvez ?

Antonin est défait, un peu ailleurs. Il dit, d'un air désemparé :

Je ne sais pas. Je vais me marier.

Anaïs se met à rire.

Quand ? demande-t-elle. Quand ?

Mais Henry a tapoté plusieurs fois avec insistance du plat de la main sur l'épaule du chauffeur et celui-ci redémarre, soucieux de rattraper son retard sur les précédentes voitures qui déjà roulent vers Paris.

Anaïs a juste le temps de se pencher une dernière fois. Elle fait un petit signe d'au revoir à Antonin. En retour, il brandit ses deux mains pâles et indique avec ses doigts longs et fins le chiffre 9.

Oui, fait-elle d'un mouvement désolé des deux bras. Je sais bien.

Alors Antonin jette un œil en direction du portail, la maison de Louveciennes encore emplie de chaleur, et la statue au milieu de la cour qui lui adresse un sourire étrange qu'il n'avait pas remarqué la première fois.

Épilogue

De leur rencontre en avril jusqu'à leur dernière entrevue en juin, la passion d'Anaïs Nin et d'Antonin Artaud aura duré à peine trois mois.

Il ne se reverront plus.

Mais leur histoire continue de vivre un peu, ensemble quelque part, dans un possible ailleurs de la taille d'une clairière où il est permis de se tenir à deux, à l'orée d'existences nouvelles.

Remerciements
Anaïs x nine

Il y a quelques années, j'ai écrit un roman qui racontait, notamment, la course-poursuite dans Montparnasse d'Alberto Giacometti et de Jean-Paul Sartre. Le premier voulait casser la figure au second à la suite d'un mot d'esprit malheureux. Dans la tournée littéraire qui a suivi, j'ai fait la rencontre inattendue d'un auto-proclamé spécialiste de Giacometti qui m'est tombé dessus en m'assénant de : « Vous racontez des conneries, ça n'a pas pu se passer comme ça ! — Et pourquoi pas ? lui avais-je répliqué. Qu'est-ce que vous en savez, après tout ? » En me plaçant du côté de la création, et en m'intéressant à des situations pour ce qu'elles révèlent en moi d'émotions et de pistes d'écriture, ne suis-je pas à la recherche, non pas de la véracité, ni même du mensonge, mais plutôt de la justesse ? Il y a une qualité très musicale de l'écriture qui est, je l'espère, la recherche de la justesse.

Ici, j'ai très vite donné de quoi me faire taper sur les doigts par les spécialistes d'Antonin Artaud puisque, dès le chapitre trois, Antonin fredonne une chanson de Michel Berger : « Quelques mots d'amour ». Plus loin, du David Bowie. C'est d'ailleurs en lisant une volée de phrases dans le *Journal* d'Anaïs Nin que j'ai bâti mon chapitre trois et suis entré tout entier dans mon livre : Anaïs relate simplement qu'invitée à un dîner chez Bernard Steele, elle a décidé de rentrer précipitamment à Paris en suivant Artaud. Combien de fois, à un dîner, à une fête ou à une soirée dans laquelle une personne me plaisait éperdument, ai-je rêvé qu'elle s'éclipse un peu après moi et me rattrape sur le chemin du retour ? Ce sont des sas intimes, des portes d'entrée, qui me donnent envie de me jeter à cœur perdu dans l'écriture d'un roman.

J'ai toujours adoré le Journal en tant que genre littéraire. À vingt ans, la lecture de celui de Jean-René Huguenin m'a décidé à écrire le mien, puis à le mettre en ligne sur Internet au jour le jour pendant plus de quinze ans. Dans le premier chapitre de *Neuf rencontres et un amour*, je rends hommage à mon goût des journaux intimes en mêlant trois petits morceaux : le Journal de ma mère quand il est question de l'azalée près de la maison, celui d'Anaïs Nin bien sûr, daté du 30 octobre, et le mien, quand Antonin écrit un passage qui commence par : « Note à mon intention ».

De ce qui m'anime et me compose, j'essaie de trouver un territoire d'écriture. Je crois qu'avec des choses lues ou vues qui nous touchent, mêlées à des créations ou des réflexions personnelles, chacun de nous tente de créer des espaces propices à l'écriture, la musique, le dessin, la peinture… Des espaces plus supportables au quotidien.

Mais pour qu'enfin une histoire parvienne à des lectrices et des lecteurs, il faut être bien accompagné. Je tiens donc à remercier mon éditrice Iris Néron-Bancel pour ses lectures sensibles de mon texte et nos échanges précieux, Isabelle Saporta qui m'accorde sa confiance, et toutes les équipes des éditions Fayard. Je remercie les équipes d'Hachette Livre, les libraires et les festivals du livre fidèles à mes écrits, ainsi que toutes les personnes qui aident à l'accomplissement de mon travail et le soutiennent.

Merci à mes amies Sophie Rouvier et Sarah Briand.

Oh, et avant que j'oublie, dans le chapitre deux, le grand blond à l'expression lunaire qui entraîne Antonin dans une chenille endiablée, c'est Jean Teulé.

Cet ouvrage a été imprimé en France par
CPI Firmin-Didot
16 rue Firmin Didot
27650 Mesnil-sur-l'Estrée (France)

pour le compte des Éditions Fayard
13 rue du Montparnasse, 75006 Paris
en novembre 2023

Photocomposition Belle Page

PAPIER CERTIFIÉ

fayard s'engage pour l'environnement en réduisant l'empreinte carbone de ses livres. Celle de cet exemplaire est de :
0,800 kg éq. CO_2
Rendez-vous sur
www.fayard-durable.fr

N° d'édition : 60.8071.3/01 - N° d'impression : 177011